বারাসাতে খুন

অজিতকৃষ্ণ দে

EditionNEXT
editionNEXT, Kolkata, India
www.editionnext.com

"Barasate Khun" :: Three Bengali Stories by Ajit Krishna Dey

International(USA) Edition

Cover: Uday Bhattacharyya

First Edition: June 2025

Publisher: Mousumi Bhattacharyya
FD 16/1, Baguiati, Kolkata- 59
Website: editionNEXT.com
Facebook: facebook.com/editionnext
Twitter: twitter.com/editionnext
eMail: Link "Contact Us" in editionNEXT.com

উৎসর্গ

শ্রী শ্রী সারদা মায়েরপবিত্র চরণতলে উৎসর্গ করা হলো।

ভূমিকা

নিজেকে জানার অদম্য তাগিদে আমার লেখা। জ্ঞানের কোনো সীমানা নেই। আমাদের কৌতূহল ও জিজ্ঞাসা অবিরাম মনের গভীরে প্রবাহিত হয়। আমরা পাথর ভাঙার কাজে নিয়োজিত। পাথর ভেঙে ভেঙে একটি নতুন সৃষ্টির জন্ম হয়।

এই সৃষ্টির পথ অত্যন্ত পিচ্ছিল, তবুও আলোর আশায় নতুন দিগন্তের দিকে দৃষ্টি রেখে আমরা নিরন্তর চেষ্টা করে চলি আমাদের তৃষ্ণা মেটাতে।

অজিতকৃষ্ণ দে
মোবাইল: ৯৪৩২৫৮৭০০৬

সূচিপত্র

মানসিক

গল্পের কোথা থেকে আরম্ভ করব জানি না, তবে মনের ভেতর একটা ধুকপুকানি চলতে থাকে কিছু বলার জন্য। বলব তো অবশ্যই। মনের ভাব তো আর মনে থাকে না, ওটা একটু বেরিয়ে আসে। কিছুটা বেড়ালের ঝুলির মতো। যে ভাবে হোক প্রকাশ হয়ে যায়। মনের মধ্যে এসব পুষে রাখাও উচিত কাজ নয়। এ তো আর যখের ধন নয় যে সিন্দুকের মধ্যে সযত্নে গচ্ছিত রেখে দেওয়া যাবে।

হ্যাঁ, যেটা বলছিলাম। ব্যাপারটা যে যে ভাবে নেবেন। শুনুন তাহলে রাতে ইদানীং আমার ঘুম একবারেই হয় না। হ্যাঁ ডাক্তারি শাস্ত্রে অনিদ্রাও বলা যেতে পারে। মাঝে মাঝে ভাবি, কোনো মনরোগী বিশেষজ্ঞ মানে সাইক্রিয়াটিস্টের সাথে এ ব্যাপারে একটু আলোচনার জন্য যোগাযোগ করি। তাঁর কাছে কিছু শলা পরামর্শ ওই আর কী। বয়স অনুযায়ী মনের ভেতর একটু ভয় ঢুকে গেছে। হতে পারে শয়নে স্বপনে মননে সবসময় বিপাশার নামটা উচ্চারিত হতে থাকে। ওই জন্যই তো মনরোগী খুঁজছি। হঠাৎ এই বয়সে বিপাশার নামটা আমার জীবনে মনে পড়ছে কেন? সে সম্পর্ক তো অনেকদিন আগে চুকে বুকে গেছে। এখন তো আর কোনরকম যোগাযোগ বা মেলামেশি নেই। তবুও মাঝে মধ্যে ওর নাম ওর ছবি আমার কাছে পরিস্কার হয়ে ওঠে। এটা কী আমার রোগ, কে জানে?

একদিন অ্যাপয়ন্টমেন্ট করে ফেললাম ডাঃদেবেশ গুপ্তর সঙ্গে। নামকরা মনরোগী বিশারদ। ইদানীং ভালই সুনাম এবং খ্যাতি এই ডাক্তার মশাইএর। যাকেই ডাঃ দেবেশের নাম বলি সেই বলে চোখ বুঝে চলে যান।

খুব ভাল ডাক্তার। ব্যবহার ওনার খুবই মিষ্ঠি। রুগীদের আর্ধেক রোগ ওনার ব্যবহারেই ভালো হয়ে যায়। এককথায় নাইস। উনি রুগীর রোগ নির্ণয়ও খুব যত্ন সহকারে করে থাকেন।

চেম্বারে গেলে বুঝতেই পারা যাবে না যে ডাক্তারখানায় এসেছি। নো চ্যাঁচামিচি। কিচির মিচির। টিপটপ চেম্বার। ভিজিটারস রুম থেকে ডাক্তারের চেম্বার পর্যন্ত শীততাপ নিয়ন্ত্রিত। ঝকঝকে তকতকে সোফা খান ছয়েক। সেন্টার টেবিলে দৈনিক সংবাদপত্র। বিভিন্ন রকমের ভাষার ম্যাগাজিন। বড় ৩২ ইঞ্চি কালার টিভি দেওয়াল জুড়ে। রুগীদের মনোরঞ্জের সরঞ্জাম। এক কথায়, ডাক্তারের কাছে যাবার জন্য মনের সন্তোষজনক উপাদান।

অফিস থেকে এক ঘন্টা আগে বেরিয়ে পড়লাম। মিঃদাস বলল-এত তাড়াতাড়ি? কিছু ব্যাপার আছে নাকি?

মাথা নেড়ে জবাব দিলাম-বাড়িতে কাজ আছে।

কথা আর না বাড়িয়ে রাস্তায় এসে বাস ধরলাম। ডাক্তারের চেম্বার উত্তর কলকাতার গিরিশ পার্ক অঞ্চলে।

সল্ট লেক থেকে বাসে উল্টোডাঙ্গায় এসে অটো ধরে ডাক্তারের চেম্বারে এসে হাজির হলাম। চেম্বারে ডাক্তার গুপ্ত রুগী দেখছেন। দশ বারোজন রুগী ইতিমধ্যে ডাক্তারের ভিজিটারস রুমে অপেক্ষা করছেন। নাম লিখিয়ে একটা সোফায় বসে পড়লাম। টিভির পর্দায় এবিপি আনন্দের কুসুমিকা বাঁকুড়া জেলায় এক মহিলার ধর্ষণ কাহিনির বিবরণ শোনাচ্ছে। বাধ্য হয়ে টিভির পর্দায় চোখ রাখলাম।

সত্যি ধর্ষণ আজকাল দিনদিন বৃদ্ধি পাচ্ছে। মনে মনে বললাম-এত ধর্ষণের সাহস মানুষ পাচ্ছে কোথায়?

সত্যি কথা বলতে কী এইতো কিছুদিন আগে এক মহিলা ডাক্তার ধর্ষিতা হয়ে গেল হসপিটালের মধ্যে। এর থেকে লজ্জার কী আছে? মহিলা ডাক্তার খুবই মেধাবী ছিলেন। পুলিশ তদন্ত করে এখনও পর্যন্ত কাউকে মানে ধর্ষককে খুঁজে পায়নি। ময়না তদন্ত রিপোর্টে সেরকম সাজা দেওয়ার মতন চোখে পড়ল না পুলিশের। বাবা মায়ের একমাত্র সন্তান। অনেক কষ্টে বাবা-মা মেয়েটিকে ডাক্তারি পড়িয়েছেন। কত আশা ছিল মেয়েটা এম.বি.বি.এস

পাশ করে ইনটারর্নসিপ করছিল। কলেজে প্রত্যেকের কাছে প্রিয় পাত্রী ছিল। কিন্তু মেয়েটি হঠাৎ ধর্ষিত হয়ে গেল রাতের বেলায়। খুবই মর্মান্তিক। ভাবলে গা শিউরে ওঠে।

পরের দিন সকাল বেলায় বাবা-মায়ের কাছে খবর আসে শাশ্বতী সুইসাইড করেছে। বাবা-মা খবর পেয়ে ভেঙে পড়েন। বাড়ি থেকে বেরিয়ে কলেজে চলে আসেন দুজনে। কলেজের প্রিন্সিপালের সঙ্গে দেখা করেন। কিন্তু কলেজের প্রিন্সিপাল মেয়ের ধারে কাছে ঘেঁসতে দেননা। ওনাদের বক্তব্য পোস্ট মর্টমের জন্য বডি যাবে সেই হেতু মেয়ের ধারে কাছে কাউকে পারমিশান দেওয়া যাবে না। ডাক্তরদের মধ্যে খবরটা ছড়িয়ে পড়ে। জুনিয়ার ডাক্তাররা সিনিয়ার সকলে মিলে জানতে চায় আসল কারণ।

-২-

ডাক্তারের আশায় বসে রয়েছি। কখন উনি আসবেন কেউ জানে না। উনি ইতিমধ্যে খুবই ভাল প্রসার করে ফেলেছেন। অনেক রুগী ভাল করেছেন। কিছুক্ষণের মধ্যে ডাক্তার দেবেশ গুপ্ত চেম্বারে ঢুকে পড়লেন। বয়স পঞ্চাশের উর্ধে। রিমলেশ চশমা। গৌরকান্তি চেহারা। বেশ সুন্দর এবং ইমপ্রেসিভ চেহারা। ওনাকে দেখলে ডাক্তারই মনে হয়। এক কথায় সুদর্শন। একজন রুগী আমারই সামনে বসে আছে। ছেলেটার বয়স খুব একটা বেশী নয়। দেখেই মনে হয় অ্যাবনরমাল। বোধহয় মায়ের সঙ্গে এসেছে। আমি নিজেই তার সঙ্গে থেকে আলাপ করলাম।

ভদ্রমহিলা বলল-ছেলেটার বয়স বছর তেরো। সবকিছু ভুলে যায়। পড়া মনে রাখতে পারে না। এই ডাক্তার বাবুর ওষুধে এখন অনেকটা ভাল আছে। ওনার কথা শুনে মনে মনে নিজেকে আশ্বস্ত করলাম। তাহলে আমার রোগটাও ভাল হয়ে যাবে। আমার তো আজকাল সব ভুল হয়ে যায়। ওষুধ খাওয়ার কথা মনে থাকে না। কেমন যেন হয়ে যাচ্ছি দিন দিন। স্বপ্ন কে না দেখে? প্রত্যেকেই চায় একটা অন্য রকম জীবন। আমার জীবনটা কেমনতরো। অগোছাল। মানুষ খেয়ে পড়ে শুধু বাঁচতে চায়না। বিনোদন দরকার। কিন্তু আমার জীবনে বৈশাখের ঝড় এসে সব তছনছ করে দিয়ে চলে গেল। হ্যাঁ একটা বিয়ে করেছিলুম। একটা বাচ্চাও হয়েছিল। কিন্তু সে

আমাকে ছেড়ে একটা গুন্ডার সাথে চলে গেল। ছেলেটা এখন বড় হয়েছে মানুষ হয়েছে। সেকটার ফাইভে তথ্যপ্রযুক্তির অফিসে কাজ করে।

এই আমি তো সশরীরে আগে অফিস করেছি। একটা দায়িত্বপূর্ণ পদে ছিলাম। আমার উর্ধতন কতৃপক্ষ আমাকে খুবই পছন্দ করত। আসল কথা আমি বরাবরই কাজ পাগল ছিলাম। পড়াশুনায় খুব যে একটা ভাল ছিলাম, তা নয়। তবে উচ্চাশা ছিল। কষ্টিং নিয়ে ইন্টার পরীক্ষা দেবার পর আর কষ্টিং পড়িনি। সেই সময়েই বিপাশার প্রেমে হাবুডুবু। ব্যাস লেখা পড়া শিকেয় উঠল। তখন অন্য একটা কাজ করতাম। মাইনে মোটামুটি। বিপাশার বাবা একজন কোটিপতির ঘরে বিপাশার বিয়ে দিয়ে দিলেন। তখন থেকেই আমার মাথাটা মানে বুদ্ধি শুদ্ধি সব যেন লোপ পেতে লাগল। তারপর নিজেকে সামলে নিয়ে অন্য একটা সরকারী দপ্তরে বর্তমান চাকরিটা পেয়ে গেলাম। সেই থেকে অবসর নেওয় অবধি চাকরি করতে শুরু করলাম। হ্যাঁ যেটা বলা হয়নি, ওই সময়েই আমার স্কুলের বন্ধু সৌমেন বি সি এস পরীক্ষায় উত্তীর্ণ হয়ে একটা ভাল চাকরি পেয়েছিল। এর জন্য তার আর তার মায়ের প্রচেষ্টা অপূরনীয়। সৌমেনের মা দিন দিন বাবা তারক ভোলার মন্দিরে ছেলের জন্য প্রার্থণা করত যাতে তার ছেলে মানুষের মত মানুষ হয়। তার জন্য অনেক চেষ্টা করে মানুষ করেছেন। সেই জায়গায় আমার কেউ নেই তদারকি করার। সৌমেনই সৌমেনের সাফল্যর কথা বলেছে। ওখানে বাবার কাছে প্রার্থণা করতেন। কিন্তু আমার মা নেই। বৌ ছিল সেও চলে গেছে। ছেলে আলাদা থাকে। এখন মা বেঁচে নেই, তাইতো আমি মানসিক ডাক্তারের সন্ধানে বেরিয়ে পড়েছি।

ছোটবেলায় আমারও সৌমেনের মত অনেক স্বপ্ন ছিল। বড় আই এ এস হব। কিন্তু সেটা হয় নি। রিট্যায়রমেন্টের সময় সৌমেন নমিনেটেড আই এ এস হয়েছিল। তবে ইদানীং কেমন যেন বুদ্ধি শুদ্ধি লোপ পেয়ে যাচ্ছে আমার। দু তিনবার মোবাইল হারিয়ে ফেলেছি। এ টি এম কার্ড হারিয়ে ফেলেছি। তারপর থানায় ডায়েরী করেছি। আমি তবে কোন রকম রোগে আক্রান্ত? এ কোন ধরণের রোগ? এজন্যই তো ডাক্তারের সামনা সামনি বসে আমি আমার প্রশ্নের উত্তর পেতে চাই।

ডাক্তারবাবু যদি আমায় বলে –'আপনি ভারসম্যহীন'। তাহলে? আমি কী অস্বাভাবিক। আমার ছেলেটা বিয়ে করে আলাদা থাকে। ওর বউ কী আমাকে পছন্দ করে না। আমার মধ্যে সে কী কোন অস্বাভাবিকতা লক্ষ করেছে? ছেলের বউ এর নাম মাধুরী। আমি মাধুরী বলেই সম্বোধন করি। ওরা সল্ট লেকে থাকে। মাঝে মাঝে ছেলে আসে। ওদের ছেলে হয়েছে একটা। ছেলে মাঝে মাঝে তার বাবার সাথে আসে। ইদানীং মাধুরী ছেলেকে দাদুর কাছে আসতে দিতে চায় না। নাতি মাঝে মধ্যে লুকিয়ে আমাকে ফোন করে। 'দাদা, তুমি কেমন আছ'? তোমায় খুব দেখতে ইচ্ছে করে।

-৩-

ডাক্তারের চেম্বার থেকে মহিলা দরজায় বেরিয়ে এসে আমায় নাম ধরে ডাকলেন। আমি একটু অন্যমনস্ক ছিলাম। আমার নাম শুনে প্রথমে আমল দিইনি। কিন্তু পরে স্তম্ভিত ফিরে পেলাম। যখন আমার পাশের ভদ্রলোক আমায় ঠেলা দিয়ে বলল-'ডাক্তারবাবু আপনাকে ডাকছেন'। আপনার নম্বর দশ। আপনার পর আমার নম্বর এগারো। আপনি এগিয়ে যান। এইটুকু সময়ের মধ্যে আমি আমার নম্বর ভুলে মেরে দিয়েছি।

ভদ্রমহিলা চেম্বার থেকে বেরুতেই আমি চেম্বারের দিকে এগুতে গেলাম। আমার পায়ে এক পাটি জুতো দেখে পাশের ভদ্রলোক বলল-'দাদা, আর এক পাটি জুতো যে পড়ে রইল'। পায়ের দিকে তাকিয়ে দেখলাম, ডানপাটির জুতোটা পড়া হয় নি। ডান পায়ে গলিয়ে নিয়ে ডাক্তারের চেম্বারের দিকে এগিয়ে গেলাম। পরক্ষণে চিন্তা হোলো আমি কী অন্যমনস্ক ছিলাম।?

ডাক্তারের চেম্বারে ঢুকে ডাক্তারবাবুকে কড়জোরে নমস্কার করে সামনের চেয়ারে ডাক্তারবাবুর সামনা সামনি বসে পড়লাম। মনে হচ্ছে কত পর্বত অভিযান করে এলাম। কিন্তু সাহসী লাগছেনা, দুঃখি দুঃখি লাগছে। ডাক্তারবাবুর মুখের দিকে তাকিয়ে রইলাম। কখন ডাক্তারবাবু আমাকে লালিপফ দেবেন।

ডাক্তার গুপ্ত আমার আপাদমস্তক দেখে নিয়ে জিজ্ঞাসা করলেন-'সাথে কাউকে নিয়ে এসেছেন'? আমি বললাম-'না, আমার বউ অসুস্থা'। মিথ্যে করে বললাম। পরক্ষণে বললাম'আমি একাই এলাম'। মিথ্যে কথাটা কীরকম বানিয়ে বললাম। মনে মনে হাসলাম। ডাক্তার গুপ্ত আমার কথাটা বিশ্বাসও করে ফেলল। আমি কী তাহলে সয়তান বা কুচুটি ব্যক্তি। ন্যাকা কার্তিক। তারপরে বললাম-আমার ছেলে আমার সঙ্গে থাকে না। ছেলে তার বউ আর আমার নাতিকে নিয়ে সল্ট লেকে থাকে। তাই আমি একা এসেছি। আসল কথা আমি একা। বড় একা। আমি পরিত্যক্ত। এতো কথা ডাক্তার গুপ্তকে বলতে আমার জিভে আটকালোনা। দিব্যি ছেলের নামে নিন্দে ঠুকে দিলুম। এটাও কী আমার রোগ? হতে পারে।

ডাক্তার গুপ্ত আমাকে এবং আমার কথাবার্তা শুনে বললেন-'আই সী, শুয়ে পড়ুন। 'আমি সোজা হয়ে চিৎ করে শুয়ে পড়লাম বিছানায়। ডাক্তার গুপ্ত আমার পেট দেখলেন। অনেকক্ষণ ধরে স্টেথো দিয়ে পেটে ও পেটের চারদিকে চাপ দিলেন। ডাক্তার গুপ্তকে বললাম-আমার কী পেটের কোনো অসুখ ধরা পড়ল? ডাক্তার গুপ্ত আমাকে এই প্রশ্নের কোন জবাব না দিয়ে বললেন-'উঠে বসুন'।

আমি উঠে বসে আবার তাঁর সামনে রাখা চেয়ারটায় বসে পড়লাম। মনে মনে জয়েন্ট পরীক্ষার ফলাফলের আশায় ওনার মুখের দিকে তাকিয়ে রইলাম। উনি তখন প্রেসক্রিপশান লিখছেন খসখস করে। লেখার শেষে আমর দিকে তাকিয়ে বললেন-শুনুন, আপনার পেট পরিস্কার হয়?

আমি সাহসের সাথে বললাম- হয় কিন্তু মাঝে মাঝে ঠিকমতো.....। আমার মুখের কথা কেড়ে নিয়ে বললেন-'আর কোন সমস্যা'?

-'হ্যাঁ, ডাক্তার বাবু আমার সব ভুল হয়ে যায়। ডাক্তার গুপ্ত আমাকে আমল না দিয়ে একটু লঘু হেসে বললেন। 'ও কিছু নয়। স্ফুর্তিতে থাকুন। সব ঠিক হয়ে যাবে। যোগব্যায়াম করুন নিয়মিত। প্রাণায়ামে জোর দিন। দেখবেন-শরীর তাজা হয় গেছে। যৌবণ সারা শরীরে ফুটে বেরুচ্ছে। এরকম দরকোঁচা চেহারা আর থাকবেনা।

আমি ডাক্তার বাবুর কথায় খুশি হয়ে গদগদ করে বলে উঠলাম-'আমি আবার আগের মতন সব ফিরে পাব? কিন্তু আমার একটা কথা শুনবেন?

-আবার কী সমস্যা?

-'আজকাল রাতে ঘুমের মধ্যে স্বপ্ন দেখি। আমার বাবা-মাকে। এটা কী ভাল? অনেকে বলে মৃত মানুষ দের স্বপ্ন দেখা ভাল নয়। তাই কী ডাক্তারবাবু? ডাক্তারবাবু আমার মুখের দিকে তাকিয়ে রইলেন। আমি আবার বলতে শুরু করলাম। 'এই জিনিসটাও আজকাল আমার হয়। চোখের সামনে বিভিন্ন রং দেখতে পাই। আবার কখনও ছেলে মেয়ে চিনতে পারিনা। ডাক্তারবাবু বললেন-আপনার ভয় হয়। আমি বললাম-হ্যাঁ, আমার ভুতের ভয় আছে। ইদানীং আমি এসব দৃশ্য দেখলে ভয়ে কাঁপতে থাকি। ডাক্তারবাবু আমার বাবা অফিসে ফ্রড কেসে জড়িয়ে পড়েছিল। বাবা অফিসের ক্যাসিয়ার ছিল। অন্যজন বাবাকে ফাঁসিয়ে দিয়েছিল। এরজন্য বাবা আর্লি চাকরি থেকে বাধ্য হয়ে অবসর নিয়েছিলেন।

ডাক্তারবাবু আমার হাতে প্রেসক্রিপশান ধরিয়ে দিয়ে আমাকে বললেন-'ভয় পাবেন না। আপনি স্বাভাবিক জীবনযাপন করুন। সব ঠিক হয়ে যাবে। ওষুধগুলো নিয়মিত খাবেন।

-৪-

আমি ডাক্তারের চেম্বার থেকে বেরিয়ে এসে রাস্তায় নামলাম। একটা সিগারেটের দোকানে এসে একটা সিগারেট চাইলাম। মুখে সিগারেট গুঁজে আগুন ধরালাম। ধোঁয়া ছাড়তে ছাড়তে ফুটপাথ ধরলাম। ফুটপাথে হাঁটতে হাঁটতে একটা চায়ের দোকানে এসে বেঞ্চিতে বসলাম। চায়ের অর্ডার দিয়ে মনে মনে ভাবতে লাগলাম-'কি আমার রোগ? ডাক্তার কী লিখল আমার প্রেসক্রিপশানে? 'ডাক্তারখানায় জিজ্ঞেস করলে বলে দেবে। চায়ের কাপটা হাতে নিয়ে চুমুক দিলাম। একহাতে সিগারেট। হঠাৎ মনে পড়ল আমার প্রেসক্রিপশানের কথা।

প্রেসক্রিপশান টা ডাক্তারবাবু আমার হাতে দিলেন, তারপর কোথায় ফেললাম প্রেসক্রিপশান? তাহলে কী ডাক্তারের চেম্বারে ফেলে এলাম।

চেম্বারে ঢুকতেই মেয়েটি প্রেসক্রিপশান টা আমার হাতে ধরিয়ে দিয়ে বলল-'আচ্ছা লোকতো আপনি, প্রেসক্রিপশান টা দরজার কাছে ফেলে দিয়ে

চলে গেছেন। ভাগ্যিস ওই ভদ্রলোকের চোখে পড়েছে। নিন ঠিক করে রাখুন। কী ভুল মন আপনার?

প্রেসক্রিপশান টা নিয়ে রাস্তায় নামলাম। সামনেই ওষুধের দোকান। কিছুটা এগিয়ে দেখি রাস্তার মাঝখানে একটা উলঙ্গ পাগল নেচে চলেছে। মনে মনে ভাবলাম-'পাগলটা কী বুদ্ধিহীন? আমার মনের মধ্যে একটা কষ্ট হচ্ছে। পাগলটার হাতে একটা সিঙ্গারা। একটু করে কামড় দিচ্ছে আর নাচ্ছে। আচ্ছা পাগলটা কী স্বাদ পায়? পাগলটা একটা অস্বাভাবিক জীবনযাপন করছে। পাগলটা মাঝে মাঝে নিজেই হো হো করে হেসে উঠছে। সিঙ্গারার বাকী অংশটুকু ফেলে দিল। একটা বাইক খুব স্পীডে চলছে। পাগলটা হাত বাড়িয়ে বাইকটা থামিয়ে দিল। বাইকের ছেলেটার সামনে দাঁড়িয়ে নাচতে লাগল। এ এক অদ্ভুত জিনিস। আমি কী সার্কাস দেখছি?

আমার হাতের প্রেসক্রিপশান টা নিয়ে ডাক্তার খানার দিকে এগুলাম। এই পাগলের দৃশ্য দেখতে আমার ভাল লাগছে না।

মনে মনে স্বপ্ন দেখলাম-পাগলটাকে যদি একটা প্যান্ট সার্ট সুট বুট টাই দিয়ে সাজিয়ে দিই কেমন লাগে বা একটা সাদা পাজামা ও পাঞ্জাবী পড়িয়ে দিয়ে হাতে এক প্যাকেট সিগারেট ও তার সঙ্গে একটা লাইটার দিয়ে দিই।

আমার স্বপ্নের সঙ্গে আমি পাগলটাকে সেইরকম ভাবতে শুরু করেছি। পাগলটর নাম যদি পরিতোষ পাল হয়, তাহলে? পাগলটা একটা স্বাভাবিক মানুষে পরিণত হোত। মানে একট পূরণাঙ্গ মানুষ হয়ে আমার সামনে ঘোরাঘুরি করত। এওতো হতে পারে পাগলটাকে একটা ইনোভা গাড়ি থেকে আমি যদি নামতে দেখতাম। তাহলে? আচ্ছা পাগলটার সোডিয়াম পটাসিয়াম এখন কত? এসব প্রশ্ন স্বপ্নের মধ্যে ঘুরে বেড়াচ্ছে। আমাকে ইরিটেট করছে।

হঠাৎ আমার স্বপ্ন দেখা কখন শেষ হয়ে গেছে। আমি ওষুধের দোকানে এসে গেছি। ভেতরটা বেশ ঠান্ডা লাগছে। কাউন্টারের সামনে দাঁড়িয়ে আছি। একজন সেলস বয় আমার হাতে রাখা প্রেসক্রিপশান টা চেয়ে নিল। আমি বললাম-একমাসের ওষুধ দেবেন। সেলস বয় প্রেসক্রিপশান টা

হাতে নিয়ে আমার আপাদমস্তক্ষ মেপে নিলেন। তারপর বললেন-'আপনি কাউকে চিনতে পারেন না'? এই বলে সে মাথানেড়ে চলে গেল। আমি অপেক্ষায় দাঁড়িয়ে রইলাম।

সেলসবয় চলে যাবার পর আমার সর্বাঙ্গ জ্বলে উঠল। ডাক্তারবাবু কোন কম্পসিশানের ওষুধ দিল। লোকটা এসব কথা বলল কেন? আমিতো অফিসে কাজ করছি। তবে হ্যাঁ, মাঝে মধ্যে ভুল হয়ে যায়। তখন বস রাগারাগি করে। একবার তো আমার বস রেগে গিয়ে বলেছিলেন-'আপনাকে কাল থেকে অফিসে আসতে হবেনা। আপনি ভীষণ অমনোযোগী। কাজের ইচ্ছে না থাকলে চলে যান। এই মুহূর্তে আমার মনে পড়ছে। আসল কথা, আমার ভুল হয়ে যায়।

হঠাৎ আমার মাথাটা ঘুরে গেল। নিজেকে সামলে নিলাম। সোজা হয়ে দাঁড়াবার চেষ্টা করলাম। সকলকে কেমন যেন চোখের সামনে রঙীন দেখতে লাগলাম। যে সেলস বয় আমাকে ওষুধ দিল তাকে সেলস গার্ল দেখতে পেলাম। সেলস গার্ল আমার দিকে তাকিয়ে বলল-'এনি প্রবলেম স্যার'? আমি চোখ রগরে ভালকরে সেলস গার্লের দিকে চোখ রাখলাম। দেখলাম- আমার সামনে' সেলস বয়'। এরকম কী দেখছি একবার সেলস বয় পরক্ষণে সেলস গার্ল।

আমার মুখ দিয়ে কোন কথা বেরুলোনা। দোকান থেকে কে যেন আমাকে লক্ষ করে বলল-'ওষুধগুলো ঠিকমত খেয়ে যান। ভাল হয়ে উঠবেন। কিছুদিন বাদে বুঝবেন, আপনি সুস্থ হয়ে গেছেন। ❑

মুমুক্ষা

সতীকান্ত আজকাল মানসিক রোগে আক্রান্ত। মনের মধ্যে সরবসময় হাজার চিন্তা বাসা বেঁধে থাকে। ভাবে এই বোধহয় তার প্রাণবায়ুটা বেরিয়ে যাবে। দুদিন বাদে বড় মেয়ের বড় ছেলে অলকের বিয়ে। যদি কিছু হয়ে যায়, তখন? মাঝে মধ্যে অতীতে ফিরে যান তিনি। কিভাবে সংসার লালন পালন করেছেন স্বয়ং ঈশ্বর জানেন। যদিও ঈশ্বরে তাঁর বিশ্বাস নেই তবুও শেষ বয়সে সকলেই ঈশ্বর মুখী হয়ে পড়ে। কিছুদিন আগে স্ত্রী কমলার দুখানা হাঁঠু অপারেশান করা হোল। বড়ছেলের অফিসের ইনসুরেন্সের টাকায় সব কিছু মিটে গেল। তাঁর হাতে আর কত টাকা। রিট্যায়ার মেন্টের টাকাতো মেজ মেয়ে আর ছোট মেয়ের বিয়েতেই খরচ হয়ে গেল।

বড় ছেলের ব্যাংকের চাকরিটা নিয়ে কম টানাটানি হয়েছে? বড় ছেলের বয়স আঠার হতে কয়েক মাস বাকী। অফিসের কলিগের পরামর্শে ছেলের বয়স বাড়িয়ে ব্যাংকের কাজে ঢুকিয়ে দিয়েছিলেন। এরজন্য কেশব ভরদ্বাজের কৃতিত্ব অনেক বেশি। সতীকান্ত প্রথমে রাজী হননি। ভরদ্বাজের প্রস্তাব খারিজ করে দিয়েছিলেন। ভরদ্বাজ অনেক বুঝিয়েছিল-‘ছেলেকে এইবেলা চাকরিতে ঢুকিয়ে দাও। পরে পস্তাতে হবে। সত্যি বড় ছেলের চাকরিটা না হলে সংসরের হাল কে ধরত?

সতীকান্ত একটু বাদে বড় নাতির বিয়েতে বরযাত্রি যাবে। কমলা ধুতি, পাঞ্জাবী চাদর গুছিয়ে রেখেছেন। একটু বাদেই সতীকান্তর ডাক পড়বে। যতই হোক নাতির বিয়ে দেখা কম ভাগ্যের নয়।

কিছুদিন আগেইতো একটা স্মাইলড স্ট্রোক হয়ে গেল। মুখটা সামান্য বেঁকে গিয়েছিল। নারসিং হোমে কিছুদিন কাটিয়ে এলেন। নাতির বিয়ের তারিখ ঠিক হয়ে গিয়েছিল। সে বিয়ে পিছিয়ে দিয়েছিল মেয়ে জামাই। তাদের বক্তব্য বাবা সুস্হ হয়ে ফিরে আসুক তারপর।

এই সেই দিন। নাতির বিয়ের বরযাত্রির জন্য সতীকান্ত মনে প্রাণে প্রস্তুত। সতীকান্ত আর তাঁর স্ত্রী কমলা মেয়ের বাড়িতে এসেছেন। দুজনেই

নাতিকে প্রাণ ভরে আশীর্বাদ করলেন। মেয়ের বাড়ী থেকে গাড়ী এলেই সতীকান্ত নাতিকে নিয়ে বিয়ে বড়ির উদ্দ্যেশে রওন দেবেন।

-২-

বিয়ে বাড়িটা বেশ সাজিয়েছে। সুধাংশু গাড়ি থেকে নেমে পরণের পাঞ্জাবীটা ঠিক করে নিল। অনেকদিন বাদে আদ্দির পাঞ্জাবীটা পড়েছে। সঙ্গে ধাক্কা পাড় কাপড়। দুটোই মীরা আলমারিতে ন্যাপথলিন দিয়ে পরম যত্নে তুলে রেখেছে। সেই সঙ্গে নিজের বেনারসী শাড়িটাও। দুদিন আগে ব্যাঙ্কের লকার থেকে প্রয়োজনীয় কিছু সোনার গহনাও নিয়ে এসেছে, বিয়ে বাড়িতে পড়ার জন্য। রাকাকে একটা সোনার চেন পরিয়ে দিয়েছে। রাকাকে মানিয়েছে বেশ। বিয়ে বাড়িতে রাকাকে কেউ যদি পছন্দ করে ফেলে কী যে হবে কে জানে। যা মাঞ্জা রাকা দিয়েছে। পছন্দ করার মতনই। বরযাত্রীরা সকাল সকাল এসে গেছে। গেটের মুখে দু তিনটে মেয়ে সুন্দরী বলা যেতে পারে, রাকারই বয়সী তারা, সকল বরযাত্রীর হাতে গোলাপ ফুল দিচ্ছে। রাকাও একটা গোলাপ ফুল পেয়েছে।

বেশ কিছুটা দূরে ডাস্টবিনের কাছাকাছি রাস্তার কুকুরেরা মারামারি করছে বিয়ে বাড়ির ফেলে দেওয়া খাবার নিয়ে। ওগুলো যেন ওদেরই পাওনা। বিনা নিমন্ত্রনে ভালমন্দ আহার। এছাড়া ওদের ভাগ্যে আর কী বা জুটবে! তারই পাশে দু একজন দরিদ্র নারায়ণের ভিড়। কেউ কাগজ কুড়োয়, কেউ বা অর্ধ পাগল। মুখে এক গাল দাড়ি। ওদের মধ্যে একজনের দিকে অনেকক্ষণ ধরে দেখছিল সুধাংশু। বিয়ে বাড়ি জমজমাট। সুধাংশু পকেট থেকে একটা সিগারেট বার করে অভুক্ত মানুষ, কুকুরদের ফেলে দেওয়া খাদ টানাটানি দেখছিল।

একটু বাদে সুধাংশু যখন অতিথির আসনে বিয়ে বাড়ির খাদ্য ভোজন করবে, তার পাতে ফেলে দেওয়া বেশ কিছু খাদ্য সেগুলোও এই একই আবর্জনায় এসে জড়ো হবে। সেগুলো নিয়ে রাস্তায় কুকুর অভুক্ত ভিখিরির দল কাড়াকাড়ি করে খেতে আসবে। সেই খেয়ে তাদের ঢেকুর উঠবে কিনা সুধাংশু জানে না।

তবে সুধাংশু জানে-তার আহারের পর হজমের জন্য কোল্ড ড্রিংকস খেতে হবে। বাড়ি গিয়ে অ্যান্টাসিড খেতে হবে। এটাই বোধহয় জীবনের পরিহাস।

ভেতর থেকে নিতাই এসে সুধাংশুকে হাসিমুখে বলল-'তুমি এখানে কী করছ, ভেতরে মীরা মাসি তোমায় খুঁজছে। ভেতরে এস'। মীরা মাসি বলল-' দেখ, বাইরে সিগারেট ফুঁকচে। '

মীরা সর্বদা সুধাংশুকে চোখে চোখে রাখে। আজকাল মীরার কী যে হয়েছে, সবসময় বোধহয় সুধাংশুর কথা ভাবে। রাকার কথাও ভাবতে পারে। তাও হতে পারে। রাকা হায়ার সেকেন্ডারী পাশ করে প্রেসিডেন্সী কলেজে কেমিস্ট্রি অনার্স পড়ছে। মাধ্যমিক ও উচ্চমাধ্যমিক পরীক্ষায় স্টার নিয়ে পাশ করেছে। পড়াশুনায় খুবই ভাল রাকা। বুদ্ধিমতীও বটে। রাকার বিয়ের কথায় মীরা ভাবলেও সুধাংশু ভাবে না। রাকাকে সুধাংশু বৈজ্ঞানিক দেখতে চায়। আর তো দু বছর বাদে সুধাংশুর রিট্যায়ারমেন্ট। এখন আটান্ন চলছে।

মীরা দুর থেকে সুধাংশুকে দেখতে পেয়ে কাছে এগিয়ে এল। –'কি গো, তুমি বাইরে ঘুরে বেড়াচ্ছ, এদিকে তোমাকে আশীর্বাদের জন্য সকলে হন্যে হয়ে খুঁজে বেড়াচ্ছে। তোমার কী কোন আক্কেল জ্ঞান নেই। আর এই বয়সে হবেও না। বরযাত্রীর সঙ্গে তমি এসেছ। বরের মেসো। রাস্তায় দাঁড়িয়ে সিগারেট ফুঁকচ'?

সুধাংশু এক মনে মাথা ঠান্ডা রেখে মীরার কথাগুলো হজম করে ফেলল। তারপর মীরার দিকে তাকিয়ে বলল-'চল কাকে আশীর্বাদ করতে হবে চল। '

মীরা মুখ ভেংচে বলল-'কাকে আবার! তোমার বোনপোকে। ওর বাবা করেছে। মা করেছে। এবার তোমার পালা। আর তুমি কিনা মীরার কথা শেষ হতে না হতে সুধাংশুর হাত ধরে টানতে টানতে ছোট শালী বিপাশা বিয়ের আসরে নিয়ে গিয়ে হাজির হয়। সুধাংশুকে মীরা একটা সোনার চেন আগে থেকেই কেনা ছিল, সেটা ব্যাগ থেকে বার করে সুধাংশুর হাতে এগিয়ে দিল। সুধাংশু হারটা নিয়ে অলকের বৌ দেবপ্রিয়াকে আশীর্বাদ করল। ছোট শালী বিপাশা রঙ্গ করে বলল-বাববা! পেটে পেটে এত! আমি কতবার

জিজ্ঞেস করলাম দিদিকে –'কিরে কি দিবি অলকের বউকে। কিছু উত্তরই দিল না'।

সুধাংশুর ছোট শালী বিপাশা। তারও একটা বিয়ে হয়েছিল কিন্তু মেয়েটা অল্প বয়সে বিধবা হোল। দেখে শুনেই বিয়ে দিয়েছিল। কিন্তু ছেলেটা ছিল বদের হাঁড়ি। কোন গুণই তার কম ছিল না। মদ, মাগী, রেডলাইট এলাকায় যাতায়াত সবই তার সঙ্গী ছিল। তারপর ছেলেটা একটা ছেলে রেখে মারা গেল। ছেলেটাকে শেষ অবধি বিপাশার শ্বশুর বাড়ি থেকে মামার বাড়িতে নিয়ে আসে। বিপাশার বড় ভাই। এ নিয়ে কম অশান্তি হয়নি। বিপাশার বাবা সেইসময় ব্যাঙ্কের ম্যানেজার ছিলেন। অনেক টাকা খরচ করে বিজ্ঞাপন দেখে এই বাঁদর ছেলেকে বেছেছিলেন। বিপাশার ভাসুর আবার ভায়ের ছেলেটাকে খুব ভালবাসতেন। তাঁর ইচ্ছে ছিল না ভাইপোকে মামার বাড়ি নিয়ে যাবার। বেঁকে বসেছিলেন বিপাশার শ্বশুর। 'আমার ছেলে যখন নেই, আমি মা ছেলে কাউকে এই বাড়িতে ঠাঁই দেব না'। বিপাশা মীরার বাবা সতীকান্ত তখন শক্তপোক্ত মানুষ ছিলেন। তাঁরও জেদ কম ছিল না তিনিও দাদুভাই বাবুয়াকে নিজের কাছে রেখে দিয়েছিলেন। সাথে মেয়ে বিপাশা। আত্মীয়-স্বজন অনেকেই বলেন। 'মেয়ের আবার বিয়ে দিয়ে দিন'। সতীকান্ত তাদের কথার কোন আমল দেন না। মেয়েরও তো একটা মতামত আছে বিয়ে দেব বললেই তো আর বিয়ে দেওয়া যায় না। সতীকান্ত এসব কথার কোন আমল দেন না। আজকাল যুগ হয়েছে অন্যরকম। আগের যুগ আর নেই। বিপাশার স্বামী শান্তিনাথ বারোবছর হোল মারা গেছে। তখন থেকেই বাবুয়া মামার বাড়ি।

শান্তিনাথের ছেলেকে মানুষ করার খুব ইচ্ছে ছিল বড় ভাই আদিনাথের। যতই হোক সে বংশের ছেলে। এই নিয়ে আদিনাথের সাথে তার বাবা নিখিলবাবুর কম বাগ বিতন্ডা হয় নি। আদিনাথ নিঃসন্তান। জ্যাঠামশাই হিসেবে ভাইপোর দায়িত্ব নিতে সে এগিয়ে এসেছিল। কিন্তু বিপাশার শ্বশুর নিখিলবাবুর একই উত্তর' আমার বাড়িতে এই ছেলে আর তার মাকে রাখবনা'।

শেষপর্যন্ত আদিনাথ পিছিয়ে এসেছিল। বাবুয়াকে আদিনাথ খুবই স্নেহ ও ভালবাসত। বাবার অমতে বিপাশার জন্য খেলনা, চকোলেট নিয়ে দেখা

করে যেত। নিখিলবাবুকে অনেক বুঝিয়েছিল। 'বাবা, বাবুয়া আমাদের বংশধর। ওকে এই বাড়িতে রেখে দাও'। তবুও নিখিলবাবুর এক উত্তর। 'এই বাড়ি আমার। আমি যা ভাল বুঝব তাই হবে'।

অলকের আশীর্বাদের পর সুধাংশু ব্যালকনিতে এসে দাঁড়ায়। একটা সিগারেট ধরায়। সিগারেটের ধোঁয়া কুন্ডলী পেকে ওপরে উঠতে থাকে। ওগুলো আসলে মেঘের ওপরে উঠতে থাকে। মেঘেদের সঙ্গে বন্ধুত্ব পাতাতে যাচ্ছে।

সেই সময়ে বিপাশার দিকে চোখ পড়ল সুধাংশুর। বাবুয়া টুবাইয়ের সঙ্গে খেলছে। বিয়ে বাড়ি জমজমাট। একটু বাদে বিয়ে আরম্ভ হবে। বর এসে গেছে। বরকে নিয়ে সকলে হৈ হুল্লোড় লাগিয়ে দিয়েছে। বর দেখতে হ্যান্ডসাম। উচ্চতা প্রায় ছ ফিটের কাছাকাছি। বর মানে তার শালীর ছেলে অলক। বড় শালীর ছেলে। বড়ছেলে। ওরা আগে এসেছে। সুধাংশুরা একটু পরে এসেছে। দু তিনটে গাড়ি একসঙ্গে স্টার্ট দিয়েছে। বিপাশারা অন্য গাড়িতে ছিল। বিপাশাকে দেখলেই সুধাংশুর মনটা কীরকম বলির পাঁঠার মতন হয়ে যায়। সত্যি মেয়েটার ভাগ্য। এত সুন্দর একটা মেয়ে। তার এই হাল। ওদিকে উলু শাঁখ বাজছে পুরুত মশাই বিয়ে আরম্ভ করে দিয়েছে। বিয়ের আসরে মেয়েকে নিয়ে যাওয়া হচ্ছে। অল্পসুরে সানাইএর সুর শোনা যাচ্ছে। লোকজন আত্মীয়-স্বজন একে একে বিয়ে বাড়িতে ঢুকে পড়েছে। সুধাংশুর সিগারেট খাওয়া হতে না হতেই আবার মীরার খোঁজ। বিপাশা ছুটতে ছুটতে এসে ব্যালকনিতে দাঁড়াল। আবার সুধাংশুকে তলব-'দিদি ডাকছে। চট জলদি চলুন, না হলে মাথা কাটে যাবে'।

সুধাংশু ব্যালকনি থেকে বিয়ের আসরে এসে দাঁড়াল। ওদিকে বিয়ের আসরে পুরুত মশাই মন্ত্র উচ্চারন করছেন। কি সব অং বং চং এক নাগাড়ে বলে যাচ্ছেন। মীরা হুলু দিচছে। মীরা ভাল উলু দেয়।

সুধাংশুর এই মুহূর্তে নিজের বিয়ের কথা মনে পড়ে গেল। বরের হাত যখন কনের হাতের ওপর পুরুত মশাই রাখলেন ঠিক সেই সময় সুধাংশু মীরার হাতের তালুতে একটা চিমটি কেটে দিয়েছিল। মীরার বুঝতে অসুবিধে হয় নি যে, সুধাংশু একজন দুষ্টু। সুধাংশু রসিকও বটে। এখনও সুধাংশু ঠিক সেইরকমই আছে।

-৩ –

সুধাংশু সকালে উঠল খুব দেরী করে। কাল রাতে বিয়ে বাড়িতে অনেকক্ষণ ছিল। ফিরতে বেশ রাত হয়ে গিয়েছিল। যেহেতু কন্যা বাড়ির সাথে মীরার সম্পর্কটা একটু অন্যরকমের তাই মীরা রাতে বিয়ে বাড়িতেই থেকে গিয়েছিল। আজ সকলে রাকাকে নিয়ে বাড়ি চলে আসবে। রাকা বাসর জাগবে।

কাজের মেয়েটা কলিং বেল টিপতেই সুধাংশু দরজা খুলে দিল। কাজের মেয়ে মায়া সব রকমের কাজ সেরে বেরুতে যাবে ঠিক তখনই মায়াকে একটা ফরমাস জারি করল সুধাংশ-'এক কাপ চা বানিয়ে যা'।

মায়া রান্নাঘরে ঢুকে এক কাপ চা বানিয়ে সঙ্গে দুটো বিস্কুট রেখে দিল। তারপর মায়া দরজা পর্যন্ত এগিয়ে গেল। সুধাংশু চায়ে চুমুক দিয়ে এক টুকরো বিস্কুট দাঁতে কামড় মেরে চিবুতে লাগল। আবার ঠোঁটে চায়ের কাপে চুমুক দিয়ে স্বাদ গ্রহণ করল।

সুধাংশু সিগারেট ধরিয়ে সোফা থেকে উঠে দরজাটা বন্ধ করে দিল। আজ সুধাংশুকে অফিসে বেরুতেই হবে। অফিসে অনেক কাজ আছে। আজকে টেন্ডার খোলার দিন। টেন্ডার কমিটির চেয়ারম্যান সুধাংশু।

একটা নতুন সাব-স্টেশন তৈরি হবে। তারই টেন্ডার। এই সাব-স্টেশনটা তৈরি হয়ে গেলে লো ভোল্টেজ ঐ এলাকায় কমে যাবে। সুধাংশুর আন্ডারে নীলগঞ্জ সাব স্টেশন। ৩৩ কেভি সাব-স্টেশন। ওপর মহলের চাপ আছে। সুতরাং কাজটা তাড়াতাড়ি শেষ করার জন্যই টেন্ডার। কলিং বেলের শব্দে সুধাংশু দরজর দিকে এগিয়ে গেল। সুবীর আসার সময় হয়ে গেছে। সুবীর অফিসের ড্রাইভার। ন'টা বেজে গেছে। কলিং বেলের টুংটাং আবার বেজে উঠল। দরজা খুলে দেখল সামনে মীরা দাঁড়িয়ে আছে। মীরা ঘরে ঢুকে জিজ্ঞেস করল-'মায়া চলে গেছে। 'সুধাংশু বলল-অনেকক্ষণ। মীরা কাল বলেছিল সুবীরকে বিয়ে বাড়ি নিয়ে যাবার জন্য। সুধাংশু সায় দেয়নি। মীরা বলেছিল-'অফিসের গাড়ি তো সামনের বাড়ির মহীতোষদা ব্যাবহার করে তুমি পারনা। তুমি এক নম্বরের ভীতু'। সুধাংশু কথা বাড়ায়নি। কথায় কথা

বাড়ে। তাছাড়া অফিসের গাড়ি অফিসেই ব্যাবহার করাই যুক্তিসঙ্গত। মহীতোষ একজন আই .এ. এস। তার চব্বিশ ঘন্টা ডিউটি। দু তিন মাস আগে মালদা জেলার ডি.এম ছিল। সেই জায়গায় সুধাংশু সুপারিন্টেন্ডিং ইঞ্জিনিয়ার। স্ট্যাটাস মহীতোষদার থেকে অনেক উঁচুতে। এসব ব্যাপারে বাড়ির মেয়েরা অজ্ঞ এবং উদাসিন। মীরা এসব বোঝেনা বা বুঝতে চায়না। সবসময় কানের কাছে ঘ্যানঘ্যান। বিরক্তকর। সিগারেটে এক টান মেরে সুধাংশু বাথরুমের দিকে চলে গেল।

বাথরুমে ঢুকে সুনিপুনভাবে দাড়ি কামাল সুধাংশু। একটু আগে গিজারের সুইচটা অন করে দিয়েছে। এখন শীতকাল। গরম জল ছাড়া চান করা অসম্ভব। একবার যা ঠান্ডা লেগে গেল অ্যান্টিবায়োটিক খেয়ে শরীর সুস্থ হোল। ঘনঘন কাশি। নাক দিয়ে জল বেরুচ্ছে। অনবরত হাঁচি। সুধাংশুর ঠান্ডার ধাত আছে। শুধু ঠান্ডা নয়। পেট খারাপ হলেও অ্যান্টিবায়োটিক খেয়ে শরীর সুস্থ করতে হয়। সুধাংশু আবার খাওয়া-দাওয়া একটু রীচ করে। মীরা আবার রীচ খাওয়া খুব একটা পছন্দ করে না। তেল মেপে রান্না করে। সুধাংশু বলে রুগীর রান্না। মীরা আমল দেয় না। সুধাংশু মীরার দুজনেরই সুগার ব্লাড প্রেসার আছে। সধাংশুর ক্লোরেস্টল ধরা পড়েছে। ট্রাইগ্লিসারাইড বেশ হাই। সুতরাং উল্টো পাল্টা খাওয়া ডাক্তার সুমিত সাহা বারণ করে দিয়ে গেছে।

দাড়ি কামাবার পালা শেষ। মুখে ভাল করে জল দিয়ে সাওয়ার চালিয়ে দিল। সত্যি শীতকালে গিজারের গরম জলে চান করে খুব আরাম। স্বস্তি লাগে। শরীরটাও বেশ তাজা লাগে।

বিকেলে আবার বিয়ে বাড়ি যাবে মীরা। বোনপো বলতে দুজন। বড় জন অলক। ছোট নিতাই। অলক ব্যাবসা করে। বালি সিমেন্ট, লোহার রডের ব্যাবসা। ছোট কেবেল আর ক্যাটারারের ব্যাবসা করে। দুজনেরই ভাল পয়সা।

অলকের বিয়ে বেশ ধুমধাম করে হচ্ছে। মীরার বড় বোন গীতা। গীতারই দুই ছেলে। মীরার মেয়ে রাকা। ছোটজন বিপাশা তার একটি ছেলে বাবুয়া। মীরার জামাইবাবু মানে সুধাংশুর ভায়রা ফুড কর্পোরেশনে কাজ করত। ইন্সপেক্টর পদে ছিলেন। উপরি আয় ভালই ছিল।

মীরার বাপের বাড়ির অবস্থাও ভাল। বাবা ব্যাঙ্কের অফিসার। কলকাতায় এসেছেন ওপার থেকে। রামঠাকুরের জন্মস্থান ডিজ্‌ঙ্গামানিক গ্রামে বসবাস করতেন। ঐখানেই বিয়ে করেন মীরার মা কমলাকে। মীরার বাবা সতীকান্ত বিয়ের পরের বছর বাংলাদেশ ছেড়ে কলকাতায় নাথের বাগানে বসবাস করতে আরম্ভ করেন। মীরার বাবা সতীকান্ত সঙ্গে কমলা। ওখানেই দুটো ছেলে আর তিন মেয়ের জন্ম হয়। কাছেই বড়বাজার। বড়বাজার অঞ্চলে হিন্দুস্থান মার্কেন্টাইল ব্যাঙ্কে কাজ করত মীরার বাবা সতীকান্ত। পরে মার্কেন্টাইল ব্যাঙ্কের নাম পরিবর্তন হয়ে ইউনাইটেড ব্যাঙ্ক অব ইন্ডিয়া হয়।

-৪-

মাঝে মাঝে সতীকান্তর বাবা লক্ষ্মীকান্ত আর মা হেমলতা বাংলা দেশ থেকে এপাড়ে চলে আসত। তখনও স্বাধীনতা হয় নি। স্বাধীনতার মুখোমুখি এসে বরানগর অঞ্চলে নেতাজী কলোনীতে বসবাস করতে শুরু করে। মীরার ঠাকুর্দা লক্ষ্মীকান্ত ঐ নেতাজী কলোনীর কাছে একটা প্রাইমারী স্কুলে পড়াতে শুরু করে। তখন নেতাজী কলোনী এখনকার মতন ছিল না। ওটা রিফিউজি কলোনী ছিল। রাতে শেয়াল ডাকত। ওপাড়েই দমদম ক্যানটনমেন্ট। লোকসভায় এই নেতাজী কলোনী বনহুগলী সবই দমদমের পার্লামেন্ট কন্সিটিউএনসির মধ্যে পড়ে। পশ্চিমে ডানলপ। দক্ষিণে সিঁথি। সিঁথির ঐ অঞ্চলটা আবার উত্তর কলকাতার মধ্যে পড়ে। মীরার ঠাকুর্দা লক্ষ্মীকান্ত পূর্ববঙ্গে জমিদারদের নায়েব ছিল। সেই জমিদার কার্তিকপুরের জমিদার। পাকিস্থানে তখন বসবাস দুর্বিষহ হয়ে পড়েছিল। এই পশ্চিমবঙ্গে কত যে শরনার্থী বিভিন্ন বর্ডার লাইন দিয়ে চলে এসেছিল, তার কোন হিসেব নেই। এই বমহুগলী নেতাজী কলোনীতে এইসব শরনার্থীদের ভিড় জমতে থাকে। তারপর সব ছড়িয়ে পড়ে কলকাতার বিভিন্ন অঞ্চলে। সেইরকম ভাবে লক্ষ্মীকান্তও জলপথে কলকাতায় এসে একজন অস্থায়ী বাসিন্দা হয়েছিল। সাথে এসেছিল মা প্রভাবতী দেবী। লক্ষ্মীকান্তর বেয়ান ছিল ননীবালা দত্ত।

ননীবালার স্বামী হেমকান্ত ছিলেন পাটের ব্যবসায়ী ও শিক্ষিত। কিন্তু বেশীদিন সংসার করতে পারেন নি। ননীবালার স্বামী খুবই অল্প বয়সে তিন মেয়েকে রেখে চোখে তুলসীপাতা গোঁজেন। ননীবালার বড় মেয়ে সতীকান্তর স্ত্রী কমলা। গীতা, মীরা ও বিপাশার মা। হেমকান্তর ছোটভাই, ননীবালার দেওর ভোলাকান্ত স্বদেশী করতেন। জেল খেটেছেন অনেকদিন। ব্রিটিশদের চোখে ফাঁকি দিয়ে স্বদেশী করেছেন। সে এক মহান গর্বের বিষয় ছিল। তাঁর ইচ্ছে ছিল –ক্ষুদিরাম, প্রফুল্ল চাকী, কানাইলাল ভট্টাচার্য, সূর্য সেন, বিনয় বাদল দীনেশ প্রমুখ স্বদেশীর মতন তিনিও দেশের স্বাধীনতার জন্য লড়াই করে দেশকে স্বাধীন করবেন। নেতাজী সুভাষচন্দ্রের আহবানে তিনিও দেশের স্বাধীনতার জন্য সুভাষচন্দ্রের দলে নাম লেখালেন। মাঝে মাঝে লুকিয়ে লুকিয়ে চলে আসতেন কলকাতায়। নেতাজীকে দেখার জন্যে মন ছটফট করে উঠত। একদিন সেই স্বপ্ন পূর্ণ হলো। নেতাজীকে নিজের চোখে দেখলেন। নেতাজীর গলায় মালা পড়ালেন। সে এক অসীম আনন্দ। নেতাজী ভোলাকান্তকে বুক জড়িয়ে ধরে বললেন-'লক্ষ স্থির রাখ। আমরা ব্রিটিশকে সরিয়ে দিয়ে দেশ স্বাধীন করব'। নেতাজীর সেই কথা মাথায় রেখে ভোলাকান্ত সূর্য সেনের দলে নাম লিখিয়ে ফেললেন। স্বাধীনতা চাই। স্বাধীনতা। ব্রিটিশ উচ্ছেদের ডাক। যে করে হোক ব্রিটিশ শাসন থেকে মুক্তি। দেশকে স্বাধীন করার সংকল্প। সূর্য সেনের দলে ওরা নিজেদের নিবিড়। ভাবে জড়িয়ে ফেলেছিল নিজেদের। দেশ স্বাধীন হবে এই সংকল্প নিয়ে। এই ছিল ভোলাকান্তর অঙ্গীকার। স্বদেশী আন্দোলন। দেশকে স্বাধীন করার আনন্দ। গোপন ডেরায় কতদিন কাটিয়েছিল। ভোলাকান্তর বাবা শ্রীকান্ত তার সাত বছর বয়সে তাদের ছেড়ে ওপরে চলে যায়। এক কঠিন রোগে তার মৃত্যু হয়।। ভোলাকান্ত আর হেমকান্ত ছিলেন দুই ভাই। তাদের বাবা মাস্টারি করতেন। কিন্তু অল্প বয়সে মাত্র ৪৫ বছর বয়সে তিনি মারা যান। তাঁর নাম ছিল শ্রীকান্ত। শ্রীকান্তর ভাই স্বজনীকান্ত জমিদারদের নায়েব ছিলেন। ব্রিটিশদের চাটুকরিতা করতেন।

ছোটভায়ের চাটুকারিতা আবার শ্রীকান্ত পছন্দ করতেন না উনি একটু অন্যরকম ছিলেন। তিনি মাস্টারি করতেন স্কুলে। বাড়িতেও শিক্ষকতা করতেন। গ্রামের দরিদ্র মানুষদের ছেলেপুলেরা শ্রীকান্তর বাড়িতে পড়াশুনা করে যেত। তিনি আবার তাদের মুড়ি বাতাসা, বা ঘরে যা থাকে তা

ছাত্রছাত্রীদের মধ্যে বিতরণ করে দিতেন। সে দিক থেকে শ্রীকান্তর স্ত্রী মা অন্নপূর্ণা। তাঁর নিজের কোন ছেলেপুলে ছিলনা। এইসব অল্পবয়সী ছাত্র ছাত্রীদেরই মাতৃস্নেহে দেখতেন। স্ত্রী খুবই লক্ষমন্ত্র ছিলেন। গ্রামের লোকেদের কাছ থেকেও তাকে বাঁজা ডাক শুনতে হোত। কী আর করা যাবে। ভগবানের দান। তিনিও এসব কুকথা নিয়ে মাথা ঘামাতেন না। বরং তাদের শ্রদ্ধাই করতেন। কারুর মুখের সঙ্গে মুখ লাগাতেন না।

তখনও স্বাধীন হয়নি ভারতবর্ষ। ব্রিটিশদের শাসন চলছে। শহর জুড়ে। সূর্য সেন তখন মধ্যগগনে। সেই সময় ভোলাকান্ত মাস্টার দার সঙ্গে আস্তে আস্তে জড়িয়ে পড়েছিল, তা ভোলাকান্ত নিজেই জানে না।

এই প্রসঙ্গে মাস্টার সূর্য সেনের সম্বন্ধে কিছু বলা দরকার। এই মাস্টার দা কিন্তু বিবাহের ঘোর বিরোধী ছিলেন। কিন্তু সংসারের চাপে পড়ে তাঁকে বিয়ে করতে হয়েছিল।

বিয়ের ফুলশয্যার দিন তিনি ফুলশয্যা না করে পূর্ববঙ্গ থেকে কলকাতার আমার্স্ট স্ট্রিটে চলে আসেন। সেখানেই তিনি বসবাস করতে থাকেন। অনেকদিন পরে মাস্টার দা খবর পান তাঁর স্ত্রী মরণাপন্ন। মরণাপন্ন অবস্থায় তিনি তাঁর স্বামীকে দেখার জন্য ইচ্ছা প্রকাশ করেন। সেই সময় সূর্য সেনকে ব্রিটিশ সরকার আমার্স্ট স্ট্রিট থেকে গ্রেফতার করে। সূর্য সেনের সে সময় মাথর দাম ছিল তখনকার দিনে কয়েক হাজার টাকা। সেই সময় পুলিশ কলকাতার আমার্স্ট স্ট্রিট থেকে গ্রেফতার করে মাস্টার দা কে বোম্বাইএর রত্নগিরি জেলে পাঠিয়ে দেন। ঐ সময়েই তিনি জানতে পারেন তাঁর স্ত্রী কঠিন রোগ টাইফ্রয়েড রোগে আক্রান্ত। মাস্টার দা পূর্ববঙ্গের দেওয়ান বাজারের যে বাসা থেকে পালিয়ে গিয়েছিলেন, তাঁর স্ত্রী তখন মাস্টার দার আসার অপেক্ষায় দিন গুনছে। এদিকে তখনও তিনি জানতেন না যে তাঁর স্বামী গ্রেফতার হয়ে আমার্স্ট স্ট্রিটের থেকে বোম্বাইএর রত্নগিরি জেলে দিন কাটাচ্ছেন।

বহু দরখাস্তের পর মাস্টার দাকে যখন পুলিশ পাহারায় বোম্বাইএর রত্নগিরি জেল থেকে ছুটিতে চট্টগ্রামে আনা হয়, মুমূর্ষ স্ত্রীকে দেখার জন্য, তার স্ত্রীর তখন আয়ু নিঃশেষিত। এই প্রসঙ্গে বলা যেতে পারে, সূর্য সেনের

স্ত্রী বিপ্লবী কাজকর্মে তাকে নেওয়ার জন্য মাঝে মাঝে বয়ো কনিষ্ঠদের কাছে অনুযোগ করতেন।

-৫-

ননীবালার দুই বোন দুই ভাই। তারা থাকতেন ফরিদপুর জেলায়। ননীবালার ছোটো বোন কনকপ্রভা। একভাই হারানচন্দ্র অপরজন সুরেশচন্দ্র। ননীবালা পূর্ববঙ্গেই তিন মেয়ের বিয়ে দিয়ে দেন। বড় জামাই মীরার বাবা সতীকান্ত। মেজো জামাই বেদানার স্বামী ছোট মল্লিকার স্বামী শম্ভুনাথের সঙ্গে। বেদানার স্বামী কমলনাথ। কমলনাথের দুই ছেলে। মল্লিকা নিঃস্তান। পরে একটা মেয়ে অ্যাডপট করে। মানে পোষ্য নেয়। সতীকান্তর তিন মেয়ে দুই ছেলে। বড় মেয়ে গীতা। মেজো মীরা ছোট বিপাশা। দুই ছেলে স্বপন আর তপন।

সতীকান্তর ছোট ভায়রা শম্ভুনাথ তাঁরই শালা হিমাংশুর সঙ্গে ব্যাবসা করেন। মাঝে মাঝে ব্যাবসার খাতিরে কলকাতার বাইরে বা পশ্চিমবঙ্গের বাইরেও যেতে হয়। মল্লিকার মাসতুতো ভাই হিমাংশু জলপাইগুড়ি ইঞ্জিনিয়ারিং কলেজ থেকে পাশ করে। সরকারী চাকরী না নিয়ে নিজে ইলেকট্রিকাল গ্যাডগেটসের ব্যাবসা করে। এছাড়া কোলাপসিবল গেটস ও লিফটের ব্যবসা। বড় বড় কোম্পানীর সাব কনট্রাকটে কাজ করে হিমাংশু। দমদম ক্যানটনমেন্টের কাছে চারতলা বাড়ি। দুই মেয়ে বিবাহিতা। বড়জন দামোদর ভ্যালী কর্পোরেশনে বাবার মতন ইলেকট্রকাল ইঞ্জিনিয়ার। ছোট ব্যাঙ্গালোরে কমপিউটার সায়েন্স পাশ করে সফ্টওয়ার ইঞ্জিনিয়ার।

মল্লিকারা বরানগরে ফরওয়ার্ড কলোনীতে একটা বাড়ি ক্রয় করে। তখন শম্ভুনাথের দু হাতে রোজগার। পয়সা কড়ি ভালই হাতে। শম্ভুনাথের আদি নিবাস ঢাকা জেলায়। বাবার পাটের ব্যাবসা ছিল। শম্ভুনাথের কলকাতায় বৈঠকখানা বাজারের কাছে একটা ছাপাখানার ব্যাবসাও ছিল। ছাপাখানাটা জয়েন্টলি ছিল। সেটা থেকেও ঘরে ভাল পয়সাও আয় হোত। কিন্তু বন্ধুর সঙ্গে মনোমালিন্যর ফলস্বরূপ সেই ব্যাবসা গুটিয়ে নেয় শম্ভুনাথ। শম্ভুনাথ পাভুয়ায় এক অসৎ ব্যাবসায়ীর হাতে বালীর জন্য বেশ কিছু টাকা ঢেলেছিলেন বালীর খাদে। ভদ্রলোক শেষপর্যন্ত শম্ভুনাথকে ডুবিয়ে

দিয়েছিলেন। সেই যে শম্ভুনাথ মুখ থুবড়ে পড়লেন, আর দাঁড়াতে পারেননি। শেষে হাতে পয়সা কড়িও ছিল্ না। শম্ভুনাথ বাংলাদেশে মানে পূর্ববঙ্গে যখন ছিল, সেইসময় তাঁর বাবা পাটের ব্যাবসা করতেন। ননীবালা দত্তরা ফরিদপুরেই বসবাস করত। ননীবালার বড় মেয়ে কমলার বিয়ে ফরিদপুরেই হয়। মীরার ঠাকুর্দার এক আত্মীয় কার্তিকপুর থেকে এই সম্বন্ধ আনে। সতীকান্তরা তখন রামঠাকুরের জন্মস্থান ডিঙ্গামানিকে বসবাস।

ওখানেই বিয়ের সম্বন্ধ হয় সতীকান্তর। সতীকান্ত বিয়ের দু তিন দিন আগে ফরিদপুরের কাছে বাড়ি ভাড়া করে চলে আসে। বিয়ে করে আবার কমলাকে নিয়ে চলে যায় ডিঙ্গামানিক। বিয়ের প্রায় এক বছর বাদে কমলাকে নিয়ে সতীকান্ত ডিঙ্গামানিকে বসবাস করে। লক্ষ্মীকান্ত মীরার ঠাকুর্দা ঠাকুমা সকলেই তখন ঐ একই বাড়িতে বসবাস করত। সঙ্গে থাকত সতীকান্তর দুই ভাই দেবকান্ত আর কালীকান্ত। তিন মেয়ে গৌরী, মনোরমা ও ইন্দু। প্রত্যেকেই তখন খুব ছোট। প্রত্যেক ভাই বোনের সঙ্গে বছর দুই –আড়াই বছরের তফাৎ।

ননীবালার ভাই হারাণ সে তখন বেশ বড় হয়েছে। বলতে গেলে যুবক। হারাণ খুব মিশুকে ছিল। পূর্ববঙ্গ তখন পাকিস্থানের দখলে। এবঙ্গের বাসিন্দাদের সঙ্গে পূর্ববঙ্গের বাসিন্দাদের অর্থাৎ মুসলিমদের একটা বিদ্বেষ তখন থেকেই চলে আসছে। তখন অবিভক্ত ভারতবর্ষ। একটা রাষ্ট্র। যা আমরা ভারত বলে জানি। ব্রিটিশ শাসন চলছে। স্বদেশী আন্দোলন চলছে। গোপন ডেরায় অস্ত্র শস্ত্র রাখা হচ্ছে। ক্ষুদিরাম, বিনয় বাদল দীনেশ হরিদাস দত্ত। মাতঙ্গিনী হাজরা, প্রীতিলত ওয়াদদেদার, কল্পনা দত্ত তখন স্বাধীনতার জন্য লড়াই চালিয়ে যাচ্ছে। গোপনে সাহেবদের হত্যা। কতরকম তখন বিপ্লব। এই বিপ্লবের সময় হারাণচন্দ্র তখন কিশোর। তরপর একে একে স্বদেশীরা মৃত্যু বরণ করছে। মৃত্যু হচ্ছে ব্রিটিশদেরও। লর্ড কার্জন, মাউন্টব্যাটন আরো সব ব্রিটিশ শাসকদের অঙ্গুলি নির্দেশে স্বদেশীদের তছনছ করে দিচ্ছে ব্রিটিশ শাসক। রবীন্দ্রনাথ জালিয়ান বাগের হত্যার বিরুদ্ধে সোচ্চার হন। তিনি নাইট উপাধি প্রত্যাহার করে নেন। দেশে তখন তুমুল হট্ট গোল। দেশ চায় স্বাধীনতা। বিপ্লবীরা চায় পরাধীন ভারতকে মুক্ত করে নতুন ভারতের জন্ম।

নতুন দিগন্তের নতুনসূর্য। গান্ধীজি তখন আরউইন চুক্তির জন্য চিন্তিত। সেইসময় ব্রিটিশ ভারতের প্রধানমন্ত্রী মাকেডোনাল্ড। তিনি সাইমন কমিশনের রিপোর্ট বিবেচনার জন্যে ১৯৩০ খৃষ্টাব্দে ১২ নভেম্বর ভারতের রাজনৈতিক দলের প্রতিনিধিদের একটি বৈঠকের আহবান করেন। সেই সময়, গান্ধীজি জেলে।

গান্ধীজি যখন ১৯২০-২২ সালে অসহযোগ আন্দোলনের ডাক দেন, সেই সময় হারাণচন্দ্রের বয়স সাত বছর। ননীবালা তখন দশ বছরের কিশোরী। তার কিছুদিন আগে ননীবালার বিয়ে হয়ে যায়।

ভারতজুড়ে তখন তুমুল হট্টগোল। ঐ সময়ে শ্রীশ্রী সারদা মা দেহত্যাগ করেছেন। সেই সময় রামকৃষ্ণ মিশন ও মঠ মাতৃহারা। সেইসময় দুঃসময়ের পর দুঃসময়। ভারতজুড়ে যখন তুমুল হট্টগোল শুরু হয় ঠিক সেই সময়ে গান্ধীযুগ। অনেকে গান্ধীজির আন্দোলন কে সমর্থন করেছে। অনেকে আবার গান্ধীজির আন্দোলন কে বিরোধিতা করেছেন।

১৯২০ সালের সেপ্টেম্বর থেকে ১৯২২ সালের ফেব্রুয়ারি পর্যন্ত ভারতের স্বাধীনতা আন্দোলনের ইতিহাসে এক বিশেষ উদাহরণ হিসেবে ইতিহাসের পাতায় চিহ্নিত হয়ে থাকে।

ব্রিটিশ পার্লামেন্টে সেইসময় রাওলাট আইন পাশ করে। ভারতের ভাইসরয় ও ইম্পিরিয়াল লেজিসলেটিভ কাউন্সিল ১৯১১সালের ৬ এপ্রিল সেই আইন বলবৎ করে। এই আইনবলে, ভারতবাসীর উপর দমনমূলক নানা বিধিনিষেধ আরোপিত হয়। সাধারণ মানুষের ন্যায় বিচার লঙ্ঘিত হয়। নূন্যতম প্রমাণ দাখিল ব্যাতিরেকেই সেনা ও পুলিশকে সাধারণ ভারতীয়দের গ্রেফতার, কয়েদ সম্পত্তি বাজেয়াপ্ত করার অনুমতি দেওয়া হয়।

অবিভক্ত ভারতবর্ষের ব্রিটিশ শাসিত ভারতবর্ষের তখন মর্মান্তিক অরাজগতার প্রত্যেক নাগরিকের তখন দুর্বিষহ অবস্থা। নির্মম অত্যাচার। সাধারণ মানুষ ভয়ে কুঁকড়ে যাচ্ছে। মানুষ কষ্টে দিনযাপন করছে।

এছাড়া ভারতীয় জনসাধারণের ইচ্ছা অনিচ্ছাকে গুরুত্ব না দিয়ে প্রথম বিশ্বযুদ্ধে ব্রিটিশ কতৃপক্ষের একতরফা ভারতীয় সেনা পাঠানোর সিদ্ধান্ত অনেক ভারতবাসীকে ক্ষুব্ধ করেছিল। মহম্মদ আলি জিহ্না, অ্যানি বেসান্ত,

গোপালকৃষ্ণ গোখলে ও বাল গঙ্গাধর তিলকের মতো উদার মধ্যপন্থি নেতাদের আহবানে হোমরুল আন্দোলন শুধুমাত্র আবেদন –নিবেদন ও রাজনৈতিক সভা-সমিতির মাধ্যমে চলছিল। তার এমন কোনো বিধ্বংসী চরিত্র ছিল না যা সরকারী কাজে বিপুল বাধার সৃষ্টি করতে পারে।

-৬-

গান্ধীজি যখন অসহযোগ আন্দোলনের ডাক দেন, সেই সময় সতীকান্তর জন্ম হয়। কমলার জন্ম ১৯৩৩ সালে। সতীকান্ত ১৯৪২ সালে বিবাহসূত্রে আবদ্ধ হন। কমলার বয়স তখন ৯ বৎসর। সতীকান্তর বাবা লক্ষ্মীকান্তর জন্ম ১৯৯০ সালে। তার চার বছর আগে ঠাকুর শ্রী রামকৃষ্ণ দেবের মহা সমাধি হয়। লক্ষ্মীকান্তর জন্মের সাতবছর পরে নেতাজী সুভাষচন্দ্রর জন্ম হয়। তার দুবছর পর বিদ্রোহী কবি কাজি নজরুল ইসলামের জন্ম। সে এক সময় ছিল। উনিংশ শতাব্দীকে আমরা রেনেসাঁস বা নবজাগরণের যুগ বলে থাকি। গান্ধীজির অসহযোগ আন্দোলনের সময় নেতাজী সুভাষ তখন চব্বিশ বছরের যুবক। ভোলাকান্তর বয়স তখন খুবই কম। প্রায় কিশোর বলা যেতে পরে। ভোলাকান্তর দিদি ননীবালার বয়স তখন খুব যে বেশী তা নয়। অল্প বয়সে তারও বিবাহ হয়। কিন্তু ননীবালা সুখী ছিল্ না। পরপর তিন মেয়ে জন্মাবর পর ননীবালা বিধবা হন। সে এক কঠিন সময়। অকালে স্বামী হারা হন ননীবালা। আশেপাশে কেউ নেই যে ননীবলাকে সাহায্য করে।

ননীবালার বাপের বাড়ি বলতে দুই ভাই। এক হারাণচন্দ্র দুই সুরেশচন্দ্র। ততদিনে তাদেরও বিয়ে হয়ে গেছে। হারাণের বউ খুব মুখরা। ননদকে সবসময় মুখ করে। ননীবালা ফরিদপুরে শ্বশুর বাড়ি বেশীদিন থাকেননি। স্বামী মারা যাবার পর বাপের বাড়ি ফিরে আসে।

সুরেশচন্দ্র বিয়ে করে ফরিদপুরেই তাদেরই দূর সম্পর্কের মেয়েকে। পরে সুরেশচন্দ্র পূর্ববঙ্গ ছেড়ে জলপাইগুড়ি হয়ে হলদিবাড়িতে বসবাস করতে শুরু করে সুরেশচন্দ্রের বিয়ের পর তার স্ত্রী মরা যায়। তার বছর খানেক পরে সুরেশচন্দ্র জলপাইগুড়ির শ্রীকান্ত মজুমদারের মেয়েকে বিবাহ করেন। প্রথম সন্তন হয় হিমাংশু। পরপর তিন সন্তানের জন্মগ্রহণ করার পর

শেষে কন্যা সন্তান জন্মগ্রহণ করে। কিন্তু সেই সন্তান জন্মাবার পরই সুরেশচন্দ্রের স্ত্রী রেনুবালা মারা যান।

রেনুবালার বাবার মানে সুরেশচন্দ্রের শ্বশুরমশায়ের হলদিবাড়িতে বিরাট কাঠের ব্যাবসা। শ্বশুরমশায়ের কোন ছেলেপুলে ছিলনা। তিনি জামাইকে মানে সুরেশচন্দ্রকে তাঁর ব্যাবসাটার একটা অংশের দায়িত্ব দিয়ে দেন। তারপর আস্তে সমস্ত ব্যাবসার মালিক সুরেশ চন্দ্র হন। তিনি তখন সর্বেরসর্বা। এরপর ঐ ব্যাবসা থেকে তিনি অনেক জমিজমা কিনে নেন। বলতে গেলে হলদিবাড়ির তিনি শের।

হিমাংশুর মায়ের মৃত্যুর পর সুরেশচন্দ্র আবার বিবাহ করেন। তৃতীয় পক্ষের ঘরে দুটো পুত্র সন্তান হয়। ্রথমডন সাগর দ্বিতীয়জন বিজন। এদিকে হিমাংশু বড় হয়ে যায়। স্কুলের গন্ডী পার করে হিমাংশু জলপাইগুড়ি ইঞ্জিনিয়ারিং কলেজে ভর্তি হয়ে যায়। ওখানেই হোস্টেলে থেকে পড়াশুনা চালায়। মাঝে মাঝে কলকাতায় পিসিমা ননীবালার বাড়িতে এসে ঘুরে যায়।

ননীবালা স্বাধীনতার আগেই পূর্ববঙ্গ ছেড়ে কলকাতায় একটা বাসা বাড়িতে আহিরীটোলা অঞ্চলে বসবাস করত। সেখানে আর একটা ঘরে জামাই সতীকান্ত কমলাকে নিয়ে বসবাস করত। সতীকান্তের মেজভাই ও ছোট ভাই তখন নেতাজী কলোনীতে লক্ষ্মীকান্তর সাথে বসবাস করত। সতীকান্ত কলকাতায় এসে নেতাজী কলোনীর কাছে একটা স্কুলে মাস্টারি করত। মেজ ছেলে একটা জুট মিলে চাকরি পেয়ে যায়। ডেইলি ওয়েজে মাইনে। নো ওয়ার্ক নো পে। ছোট ছেলে কালীকান্ত কলকাতার সিটি কলেজে বি.এ পড়ত। তার সাথে কিছু টিউশ্যানি। বি.এ পাশ করে একটা প্রাইভেট কোম্পানীতে চাকরি জোগাড় করে।

লক্ষ্মীকান্ত পূর্ববঙ্গের কার্তিকপুরের জমিদারের নায়েবী করে কম পয়সা রোজগার করেন নি। কালীকান্ত মাঝে মাঝে সাহিত্য চর্চা করতেন। ঐখানেই দু একজন সাহিত্যপ্রেমী বন্ধু পেয়েছিলেন।

বিখ্যাত গল্পকার ও ঔপন্যাসিক মানিক বন্দ্যোপাধ্যায় তখন বরানগরের তাঁতিপাড়ার কাছে থাকতেন। কালীকান্ত ভাল গল্প লিখতে পারত। একটু বামপন্থি ঘেঁষা ছিলেন। বন্ধু সুশীতলের মাধ্যমে মানিক বন্দ্যোপাধ্যায়ের সাথে কালীকান্তর আলাপ হয়। আগেই বলেছি কালীকান্ত

বামপন্থি ভাবাপন্ন লেখক ছিলেন। সুশীতলও ঠিক তাই। কালীকান্ত অনেক পত্র পত্র-পত্রিকায় গল্প লিখেছেন। সুনামও কুড়িয়েছেন যথেষ্ট। তিনি গণশক্তি পত্রিকার একজন সুপ্রতিষ্ঠিত লেখক ছিলেন। নন্দন পত্রিকাতেও তিনি উপন্যাস লিখে সুনাম কুড়িয়েছিলেন পাঠক মহলে।

বন্ধু সুশীতলের কাকা কালীকান্তকে খুবই স্নেহ করতেন। তিনি কালীকান্তকে একটা সেন্টাল গভরনমেন্টের আপিসে কেরানীর পোস্টে ঢুকিয়ে দেন। পরে সেই কোম্পানী দামোদর ভ্যালী কর্পোরেশন নামে খ্যাত হয়।

কালীকান্তর বাবা লক্ষ্মীকান্ত ও ভারত স্বাধীন হবার পরে পুরোপুরি ভাবে নেতাজী কলোনীতে এসে বসবাস করতে শুরু করেন।। নেতাজী কলোনীতে লক্ষ্মীকান্ত তখন তার দুই ছেলে দেবকান্ত ও কালীকান্ত ছাড়া তিন মেয়েকে নিয়ে বসবাস করতেন।

তিন মেয়ের বিয়ে লক্ষ্মীকান্ত নিজে দাঁড়িয়ে দিয়ে যান। প্রত্যেকেই এখন সুপ্রতিষ্ঠিত। বড় মেয়ের বিয়ে হয় বরানগরের নৈনান পাড়ায়। স্বামী সরকারী কেরানী। মেজ মেয়ের বিয়ে দেন ব্যারাকপুরে। স্বামী সিভিল কনট্রাকটার। বাঁ হাতে রোজগার ভাল।

ছোট মেয়ের বিয়ে দেন সাউথ সিঁথিতে। জামাই নেভিতে কাজ করে। মোটামুটি সব কিছুই প্রায় গুছিয়ে মরতে পেরেছেন লক্ষ্মীকান্ত।

মেজো ছেলে আর ছোট ছেলের তত্বাধানে নেতাজী কলোনীতে একটা বেড়ার চাল দিয়ে চার পাঁচটা ঘর বানিয়েছিলেন লক্ষ্মীকান্ত। বাবাকে সাহায্য করেছেন সতীকান্ত। ঐ জমি সতীকান্তর নামেই রেজিস্ট্রি হয়। সতীকান্ত সরকারের কাছ থেকে রিফিউজি কার্ড্ জোগাড় করে। কিন্তু নিজে সেই জায়গায় বসবাস করেনি।

সতীকান্ত বেশ কয়েক বছর আগে কলকাতার নাথের বাগানে উঠে আসে একটা ভাড়া বাড়িতে। দু কামরার ঘর। বাথরুম কমন। সেখানেই বড় মেয়ে গীতা মেজ মেয় মীরা ও ছোট মেয়ে বিপাশা হায়ার সেকেন্ডারী পাশ করে র পড়ল না। গীতর আবার অনেক কান্ড। সে তো বাড়ির এবং সতীকান্ত ও কমলার প্রথম কন্যা। তার আবার পড়াশোনায় তেমন মন ছিল

না। সে একটু ডানপিঠেও ছিল। সর্বদা দিদিমা মানে ননীবালা নজর রাখলে আবার হবে কী। ননীবালা গীতার পক্ষ নিয়ে লড়তেন। এই গীতাই এমন একটা সর্বনেশে কান্ড করে বসল তাতে হলো কী ননীবালার মুখ পুড়ল। এক অভাবনীয় কান্ড ঘটিয়ে দিল।

সুরেশচন্দ্রের সেজ ছেলে হিমাংশুর মেজ ভাই একটু পারভাটেড গোছের ছিল। হিমাংশুর মতন কৃতী সে ছিল না। সে প্রায়ই নাথের বাগানে পিসতুতো বোন গীতার সাথে সিনেমা থিয়েটারে যাতায়াত করত। তার পরে যা হয়, আগুনের সামনে ঘি রাখলে যা হয় তাই হলো। গীতা অন্তস্বত্তা হলো। ননীবালার চোখকে ফাঁকি দিতে পারেনি গীতা। ননীবালা শেষে যা করার তাই করল। ঐ অবস্থায় বিশ্বনাথের সঙ্গে বিয়ে দিয়ে দিল। বলতে গেলে তারই বিয়েতে কিছুদিন আগে সুধাংশু আর মীরা ঘুরে এসেছিল। অলক নামেই বিশ্বনাথের ছেলে। এ ঘটনা ননীবলা কমলা ছাড়া কেউ জানে না আর জানে গীতা। এই নিয়ে কম অশান্তি হয়নি। হিমাংশুর ভাই সীতাংশু এসবের আসল পান্ডা। সতীকান্ত জানতে পারলে গীতা আর সীতাংশুকে কেটে ফেলে দেবে। এতবড় একটা কান্ড ঘটে গেল, সেটা কাকপক্ষী জানতে পারল না। আসলে সীতাংশুরই সন্তান অলক। নিতাই বিশ্বনাথেরই ছেলে। পুর বিষয়টা গোপন করে রেখে দিয়ে ননীবালার স্বামীর বন্ধু হরনাথের বড় ছেলে বিশ্বনাথ। আজ ননীবালা পরলোকে। বিষয়ট এখন অতীত। সেই যে বিতাড়িত হয়েছিল সীতাংশু আর কোনদিন সে এই বাড়িতে পা দেয়নি। সে নিজেও জানেনা সেই ছেলে আজও বেঁচে আছে, সীতাংশু জানে গীতার অ্যাবরশান হয়েছে। ঐটুকুই।

হারাণচন্দ্র প্রথম প্রথম বড় ভাই হয়েও সুরেশচন্দ্রের ব্যাবসাপত্তর দেখাশুনা করত। এছাড়া পূর্ববঙ্গে হারাণচন্দ্রর একটা কাঁসার তামার ব্যবসা ছিল। প্রচুর পয়সা করেছিল হারাণচন্দ্র। কিন্তু সে সময় বাংলা দেশে অস্থিরতার জন্য প্রায় সব কিছু ছেড়ে দিয়ে। যা টাকা পয়সা রোজগার করেছিল বেশীর ভাগটা ভাই সুরেশচন্দ্রকে রাখতে দিয়েছিল। সুরেশচন্দ্রকে সে খুব বিশ্বাস করত। কিন্তু সুরেশচন্দ্র তার কাছে রাখা হারাণচন্দ্রর গচ্ছিত টাকা ফেরৎ দেয়নি। ঐ টাকায় নিজের ব্যবসা বাড়াল। শেষে দুই ভাই এর সাথে মুখ দেখাদেখি বন্ধ হয়ে গেল। হারাণ চন্দ্র হালিশহরে একটা জুট মিলে কাজ পেল। সেই টাকায় সংসার লালন পালন করতে লাগল।

সুরেশচন্দ্র তৃতীয়বার আর একটা বিয়ে করল। হিমাংশু তারই ছেলে। বাবার মতন সে হয়নি। সে ইঞ্জিনিয়ারিং পাশ করে কলকাতায় এসে একটা নিজের ইচ্ছামত কোলাপসিবল গেট, লিফটের ব্যবসা শুরু করে দিল। এন্টালী অঞ্চলে তার কারখানা। অফিসটা রিপন স্ট্রীটে বেশ সাজানো গোছানো। জনা কুড়ি কর্মচারী কাজ করছে।

ননীবালার ছোট মেয়ে মল্লিকার স্বামী শম্ভুনাথ ঐ অফিসে টুকটাক অর্ডার সাপ্লায়ের ব্যবসা করত।

-৭-

বিশ্বনাথ কিন্তু গীতার অন্তস্বত্তার ব্যাপারটা কিছুই জানে না। তবে গীতা যে ডানপিঠে মেয়ে, সেটা বিশ্বনাথ হাড়ে হাড়ে বুঝেছে। পড়াশুনা গীতার ক্লাস সিক্স পর্যন্ত। সেই জায়গায় মীরা বিজ্ঞানের স্নাতক। আগেই বলেছি, গীতা অল্প বয়সে পেকে ঢোল। যেহেতু সতীকান্তর আর কমলার প্রথম সন্তান, সেইহেতু গীতার ওপর ওদের দুজনেরই একটা গোপন ভালবাসা ছিল। বাকী ছেলে মেয়েরা সে রকম ভাবে আদর পায়নি। তারা ছিল এলেবেলে। মীরা গান বাজনায় খুব ভাল ছিল। কমলাকে বিয়ের আগে গীতা সাহায্য করত। মীরা পড়াশুনাটা ভাল করে চালাত। কমলা পূর্ববঙ্গের মেয়ে যার ফলে রান্নার হাত ছিল খুবই ভাল। যাকে বলে রান্না বান্নায় সিদ্ধহস্ত। ইলিশ ভাপা, পিঠে পুলি, মূলোর বড়া, মূলোর অম্বল। সব রান্না ছিল চমৎকার।

এদিকে একদিন বিপাশার ভাসুর সতীকান্তের বাড়ি এসে হাজির। বিপাশাকে বিয়ের প্রস্তাব নিয়ে আসে। সতীকান্ত প্রথমটা রাজি হয় নি। ভাসুরের স্ত্রী হঠাৎ ক্যানসারে মারা যায়। ওরা নিঃসন্তান ছিল। সে চায় তার ভায়ের বউকে তাদের বাড়িতে বউ করে নিয়ে যাবে। তারসঙ্গে বাবুয়াকে। সতীকান্ত প্রথমে রাজি হয়নি। পরে বাবুয়ার কথা ভেবে এবং তার ভবিষ্যৎের কথা চিন্তা করে ভাসুরের প্রস্তাবে রাজি হয়।

পরে বিপাশার ভাসুর শান্তিনাথ বিপাশাকে নিয়ে একটা অনারম্বর অনুষ্ঠান করে রেজিস্ট্রি মারফৎ স্বামী-স্ত্রী হিসেবে মাল্যদান করে বিপাশাকে

ঘরে নিয়ে তোলে। শান্তিনাথের পিতা প্রথমে আপত্তি করলে ও শেষপর্যন্ত ওদের বিবাহ টা মেনে নেয়। নাতিকে কাছে পান। আবার ওদের সংস্পরশে বাড়ি আনন্দে মুখরিত হয়ে ওঠে।

কমলার মা ননীবালাও মাঝে মাঝে রান্না রেঁধে জামাই সতীকান্তকে করে খাওয়াত। সে সব খাবার খুবই সুস্বাদু ছিল। নাথের বাগানে যখন সতীকান্ত্ থাকত। তখন দু কামরার ঘরে পূর্ববঙ্গের অনেকেই রাত কাটিয়ে যেত। কমলা যেমন নিজে রান্না করত ভালবাসত ঠিক তেমন সকলকে সেই রান্না খাইয়ে আনন্দ পেত। সতীকান্ত ব্যাংকে কাজ করত এছাড়া ছোট খাটো একটা ব্যবসাও করত। সতীকান্তও মানুষকে খাওয়াতে ভালবাসত।

এক সপ্তাহ অন্তর কমলার মেজো দেওর দেবকান্ত। ছোট দেওর কালীকান্ত এসে বৌদির হাতের রান্না খেয়ে খুব সুখ্যাতি করত। সতীকান্তকে তারা খুবই শ্রদ্ধার চোখে দেখত। আগেই বলেছি, সতীকান্ত বামপন্থি ছিলেন। প্রত্যক্ষভাবে রাজনীতি না করলেও, বাম নেতাদের সঙ্গে তাঁর পরিচয় বা ঘনিষ্ঠতা ছিল বেশ ভালই।

জ্যোতি বসু, প্রমোদ দাশগুপ্ত ছিল সতীকন্তর আদর্শ। যারা পার্টির কাজ করত, তাদের অল্প বিস্তর ডোনেশান দিতে সতীকান্তর হাত কাঁপত না।

সতীকান্তর মেজভাই দেবকান্ত আবার কংগ্রেসে নাম লিখিয়েছিল। বরানগর অঞ্চলে একটা ওয়ার্ডে পরপর তিনবার কাউন্সিলার হয়েছিল দেবকান্ত। সময়টা তখন ষাটের দশক।। তবে একটা কী দুই ভাই দুই মেরুতে রাজনীতি করলেও, নিজেদের মধ্যে কোন অন্তর কোলাহল ছিল না।

কালীকান্তর সাথে সতীকান্তর রাজনৈতিক মতাদর্শ ছিল এক।। দুজনেই বামপন্থী ছিলেন। কালীকান্ত আবার আগেই বলেছি বামপন্থী কাগজে লিখত। লেখার হাত ছিল খুবই সুন্দর। রীতা থাকত সাউথ সিঁথি। রীতার দাদা সুশীতল। সেই সুবাদেই রীতার সাথে ভালবাসা জন্মেছিল। শেষে সুশীতল বন্ধু থেকে সম্বন্ধি হয়েছিল। সুশীতলের বাড়ির জামাই হলেন কালীকান্ত।

এই উপলক্ষে সতীকান্ত আর কমলা একটা অতিথি আপ্যায়নের ব্যবস্থা করেছিল। কালীকান্ত বিয়ের পর দমদমের কাছে একটা সরকারী ফ্ল্যাট পেয়ে যায়। নেতাজী কলোনী ছেড়ে রীতা মানে নববধুকে নিয়ে

কালীকান্ত দমদমের ফল্যাটে গিয়ে ওঠে। সেই ফ্ল্যাট বৌদি কমলা গিয়ে সাজিয়ে আসে। দু কামরার সরকারী ফল্যাট। একটা ডাইনিং ও দুটো ট্রয়লেট্। ছয়শো স্কোয়ার ফিটের ফ্ল্যাট। দক্ষিণ দিক খোলা। হুহু করে বাতাস বয়। এক কথায় একসিলেন্ট।

কালীকান্ত নিঃসন্তান ছিলেন। পরে পর্টির এক কর্মীর মেয়েক অ্যাডপ্ট করে। কালীকান্তর অ্যাডপ্টেড কন্যার নাম নূপুর। নূপুর রীতাকে মা এবং কালীকান্তকে বাবা বলেই ডাকত। কালীকান্ত নূপুরক নিজের মতন মানুষ করেছিলেন। নূপুর সাংবাদিকতা নিয়ে পড়াশুনা করার পর একটা নামী দৈনিক পত্রে সহকারী এডিটরের কাজ পায়। এছাড়া গল্প কবিতা, ছড়া লিখে নূপুর প্রতিষ্ঠিত লেখকও বটে।

নপূরও প্রেমে পড়েছিল একজন সুগায়কের। তার নাম ডাকও ভাল। কালীকান্ত বাধা দেয়নি। খুব আড়ম্বর করেই নূপুরের বিয়ে দিয়েছিল কালীকান্ত। কালীকান্ত একটা প্রকাশনার সঙ্গে যুক্ত হয়। প্রকাশনা সংস্থার মালিক ছিল দিলীপ ধর। তিনি কালীকান্তকে ছেলের মতন ভালবাসত। পরে কলেজ স্ট্রীটে সেই প্রকাশনার মালিক কালীকান্তই হয়।

-৮-

কালীকান্তর দাদা মানে মেজদাদা দেবকান্ত বরাবরই চতুর এবং ধূর্ত প্রকৃতির। কালীকান্ত নেতাজী কলোনী থেকে দমদমে চলে যাবার পরই কাউক কিছু না বলে কয়ে পুরো জমিটা নিজের হেফাজতে নিয়ে নেয়। সেই সময় সে ওয়ার্ডের কাউন্সিলার তখন দেবকান্ত। তার বাবা লক্ষ্মীকান্ত সবে প্রয়াত হয়েছেন। মা হেমলতাকে একটা বেড়ার ঘরে কোনরকমে ব্যবস্থা করে দেয়। সতীকান্তর সাথে এই নিয়ে তুমুল ঝগড়া চলে। কালীকান্তর সঙ্গেও বাদানুবাদ হয়। সতীকান্তর মায়ের বিবাহ হয় খুবই কম বয়সে। সতীকান্তর বাবা লক্ষ্মীকান্ত আর দাদু মানে পিতামহ ছিলেন খুবই সজ্জন ব্যক্তি। নিশিকান্ত পূর্ববঙ্গে পাটের ব্যবসা করতেন। তাঁর জন্ম নেতাজী সুভাষচন্দ্র, কাজী নজরুল ইসলামের অনেক আগে প্রায় ১৮৭০ সালে। সেই সময় ঠাকুর শ্রীরামকৃষ্ণ তাঁর মাহাত্মা ছড়িয়ে বেড়াচ্ছেন। সতীকান্তর প্রপিতামহ নিশিকান্ত। ইনি প্রায় তাঁর জীবনের পুরোটা সময় ডিঙ্গামানিকেই

কাটিয়ে গেলেন। তাঁর পিতা সরিৎকান্ত ১৮৪০ সালে জন্মগ্রহণ করেন। ঋষি বঙ্কিমচন্দ্রের সঙ্গে সরিৎকান্তের একটা হzদ্যতা ছিল। মাঝে মাঝেই নৈহাটির কাঁঠাল পাড়ায় সরিৎকান্ত আসা যাওয়া করতেন। সরিৎকান্ত সে সময় ডিঙ্গামানিকে ব্রিটিশ শাসকদের সঙ্গে একটা সুসম্পর্ক গড়ে তুলেছিলেন। জমিদারদের সাথে ও সরিৎকান্তের ভাল সম্পর্ক ছিল। সেই সময় ইংরেজদের রাজত্ব চলছে। ভারতবর্ষ তখন একটাই রাষ্ট্র ছিল। সেই যে সিরাজদ্দৌলা তার ২৩ বছর বয়সে ১৭৫৬ সালে তার নানা নবাব আলীবর্দী খানের কাছ থেকে রাজত্ব এবং ক্ষমতা অর্জন করেন। তারপর মির্জাফরের বিশ্বাসঘাতকতার জন্য খুবই অল্প বয়সে তাঁকে প্রাণ দিতে হলো। এবং ক্ষমতায় বসল মীরাজাফর।

সিরাজদ্দৌলা পরাজিত হবার পর মুর্শীদাবাদের মসনদে বসল মীরজাফর। তারপর লর্ড ক্লাইভের আদেশবলে মীরজাফরকে বলা হলো – 'তুমি দেশ শাসন করবে।। আমরা হস্তক্ষেপ করবনা। কিন্তু শেষপর্যন্ত তা হয় নি।

এইভাবে চলতে থাকে বেশ কিছুদিন। তারপর টানা ফোড়েন চলে বেশ কিছুদিন। দ্বৈত শাসন চলতে থাকে। লর্ড ক্লাইভ, লর্ড কর্নওয়ালিস শাসনের ভার তুলে নেন। দেশ চলে যায় ব্রিটিশদের হাতে।

মীরজাফর, উমিচাঁদ সিরাজের পরিবারের কয়েকজন ও জগৎ শেৎ প্রমুখদের সঙ্গে ষড়যন্ত্র করেন। চুক্তিমতো কাজ হয়। এবং নদীয়ার পলাশীর প্রান্তরে সিরাজদ্দৌলার সঙ্গে পলাশীর যুদ্ধ হয়। সিরাজদ্দৌলা পরাজিত হয়ে পালাবার সময় ধরা পড়ে নিহত হন।

চুক্তিমতন মীরজাফর নবাব হন। এবং ক্লাইভ নগদ ত্রিশ লক্ষ টাকা ও চব্বিশ পরগনার জায়গারদারি লাভ করেন। জায়গির থেকে ক্লাইভের বছরে ত্রিশলক্ষটাকা লাভ হতো।

১৭৬০ সালে ক্লাইভ দেশে ফিরে যান। এদিকে তার অভাবে ইংরেজরা বিপর্যস্ত হয় পড়ে। তখন আবার ক্লাইভের ডাক পড়ে। ১৭৬৫ সালে মে মাসে ক্লাইভ এ দেশে ফিরে আসেন। এবং গভর্নর নিযুক্ত হন।

তিনি তখন দিল্লির বাদশাহ শাহ আলমের কাছ থেকে বাংলা-বিহার-উড়িষ্যার দেওয়ানি লাভ করেন। পূর্ব ভারতের এই অঞ্চলে যে শাসন ব্যবস্থা চালু হয়, তা দ্বৈত শাসন নামে পরিচিত। নবাবের হাতে থাকে প্রশাসনিক দায়িত্ব। আর রাজস্ব আদায় ও ব্যায়ের পূর্ণ কতৃত্ব পায় কোম্পানী। এতে বাংলার নবাব আসলে ক্ষমতাহীন হয়ে পড়ে। আর এই সুযোগে কোম্পানীর লোকেরা অবাধ লুঠতরাজ ও অত্যাচার শুরু করে। ১৭৭০ বাংলা ১১৭৬ অনাবৃষ্টি হয়। দেশে দেখা যায় চরম বিপর্যয় এবং দুর্ভিক্ষ। কয়েক লক্ষ মানুষ না খেতে পেয়ে মারা যায়। এটাই ইতিহাস খ্যাত ছিয়াত্তরের মন্বন্তর। এরপর ১৭৯৩ সালে কর্নওয়ালিস প্রবর্তিত চিরস্হায়ী বন্দোবস্তর মাধ্যমে কোম্পানীর শাসন চলেছিল। মুলত এবং মুখ্যত লাভজনক ব্যবসায়িক১৭৭৩ সালে দৃষ্টি ও রীতি পদ্ধতিতেই। কোম্পানীর স্বার্থে ও সুবিধার জন্য ১৭৬৫ সালে বাংলার কৃষিপণ্যকে বানিজ্যকীকরণ, ১৭৭৩ সালে রেগুলেটিং অ্যাকট পাস ১৮১৩ সালে ভারতে ফ্রি ট্রেড প্রবর্তন এবং ঐ বছরেই বাংলার মুখ্য শিল্প খ্যাত টেক্সটাইল রপ্তানি বন্ধ, এবং ১৮২০ সালে টেক্সটাইলকে আমদানী পণ্য হিসেবে ঘোষণা, ১৮৩০ এ কলকাতা ডকিং কোম্পানী প্রতিষ্ঠা, ১৮৩৫ সালে ইংরেজিকে অফিস আদালতের ভাষা হিসেবে ঘোষণা, ১৮৩৮ সালে বেঙ্গল বন্ডেড ওয়ারহাউস অ্যাসোসিয়েশন গঠন এবং ১৮৪০ সালে বেসরকারী খাতে চা বাগান স্থাপনের মাধ্যমে এ দেশীয় অর্থনীতির স্বনির্ভর সত্তাকে পর নির্ভর করার কার্যক্রম শুরু হয়।

বাংলা নামের এই অঞ্চলটি ধীরে ধীরে ইংরেজদের হাতে চলে যায়। ব্রিটিশ সরকার এক চ্যাটার অ্যাকাউন্ট বলে কোম্পানীর এক চেটিয়া বানিজ্যাধিকার বিলুপ্ত করে। এবং দেশের শাসনভার বিলুপ্ত ঘোষণা করে।

১৮৫৮ সালে ব্রিটিশ সরকার ভারত শাসনের দায়িত্ব সরাসরি গ্রহণ করে।

রাজা রামমোহন রায় ২২ মে ১৭৭২ সালে জন্মগ্রহণ করেন। তিনি প্রায় ১৮৩২ সাল পর্যন্ত বেঁচে ছিলেন। সে সময় মোগলদের রাজত্ব। বেদান্ত গ্রন্থের প্রকাশের সঙ্গে তিনি ব্রহ্মনিষ্ট একেশ্বরবাদ উপাসনার পথ দেখান, আত্মীয়সভা প্রতিষ্ঠা করে। সেই সময় নিশিকান্তর প্রপিতামহ বিরজাকান্ত

রামমোহনের দলে নাম লেখান। তিনিও ব্রহ্মবাদে বিশ্বাসী ছিলেন। পরবর্তীকালে এই আত্মীয়সভা ব্রাহ্মসমাজ নামে পরিচিত হন।

রামমোহন রায় সতীদাহ প্রথা, বহুবিবাহ, বাল্য বিবাহর এবং বর্ন প্রথার এবং নারীদের জন্য সম্পত্তির উত্তরাধিকারের আন্দোলনের চেষ্টা চালিয়ে গিয়েছিলেন। এবং পরবরতীকালে সেগুলো ভারতবর্ষে প্রবর্তনও হয়েছিল। সে ই সময় সতীকান্তর পিতা লক্ষ্মীকান্তর পিতামহ বিরজাকান্ত রাজা রামমোহনের সঙ্গী ছিলেন। রাজা রামমোহনের সঙ্গে অনেকেই এই দুরুহ কাজের সাক্ষী এবং বন্ধু ছিলেন লক্ষ্মীকান্তর পিতামহ বিরজাকান্ত। সেইসময় বিরজাকান্ত বাংলাদেশের ডিঙ্গামানিকে বসবাস করতেন। এই ডিঙ্গামানিকেই ঠাকুর রাম ঠাকুর জন্মগ্রহণ করেছিলেন।

রাজা রামমোহনের আগে নবকৃষ্ণদেব জন্ম গ্রহণ করেন। রাজা রামমোহনকে দ্বিতীয় আকবর রাজা উপাধি দিয়েছিলেন। এই দ্বিতীয় আকবর রাজনীতি, জন প্রশাসন শিক্ষা ও ধর্মর ক্ষেত্রে তার প্রভাব ছিল স্পষ্ট। তিনি সতীদাহ প্রথা এবং বাল্যবিধবা বাতিলের প্রচেষ্টার জন্য পরিচিত ছিলেন।। অনেক ইতিহাসবিদ রামমোহন রায়কে ভারতীয় রেনসাঁসের জনক বলে মনে করে।

অপরদিকে রাজা নবকৃষ্ণদেব রাজা রামমোহনের ৪০ বছর আগে ১৭৩৩ সালে জন্মগ্রহণ করেন। মাত্র ৬৪ বছর বয়সে ১৭৯৭ সালে তিনি মৃত্যু বরণ করেন। শোনা যায়, তিনিই প্রথম রবাট ক্লাইভের উপস্থিতিতে শোভাবাজার রাজবাড়িতে দুর্গাপূজা প্রবর্তন করেন। পরবর্তী কালে ঠাকুর শ্রী রামকৃষ্ণদেব এই রাজবাটিতে শুভ পদার্পন করেন। স্বামী বিবেকানন্দ যখন চিকাগো মহাসম্মেলন থেকে ভারতে প্রত্যাবর্তন করেন সেই সময় স্বামীজিকে বসুবাটি ও শোভাবাজার রাজবাটিতে সম্বর্ধনা জ্ঞাপণ করা হয়। সেই সময় রাধাকান্ত দেবের রাজত্ব কাল চলছিল।

কথিত আছে, পলাশীর যুদ্ধের আগে নবাব সিরাজদ্দৌল্লার বিরুদ্ধে যে ষড়যন্ত্র হয়েছিল, ইংরেজদের পক্ষ থেকে শোভাবাজারের নবকৃষ্ণ দেব ছিলেন তার মূল প্রতিনিধি।

মুর্শিদাবাদে গিয়ে তিনি কেবলমাত্র ওমরাওগণের সঙ্গেই পরামর্শ করেন নি যোগাযোগের বহু জমিদারকেও রবার্ট ক্লাইভের দূত রূপে মীরজাফরের সঙ্গে যোগাযোগের মাধ্যম ছিলেন তিনিই।

পলাশীর প্রান্তরে সিরাজের পরাজয়ের পর মীরজাফর, রামচাঁদ রায়, আমীর বেগ আর নবকৃষ্ণ মিলে সিরাজের কোষাগার লুঠ করেন। শোনা যায়, ওই কোষাগার থেকেই আট কোটি টাকার মূল্যবান সম্পদ ভাগ করে নেন।

রাজা রামমোহনের বয়স যখন ১১ বৎসর সেই সময় মহারাজ কৃষ্ণচন্দ্র রায় ইহলোক ত্যাগ করেন। নদীয়ার রাজ বংশে পিতা ছিলেন রাজা রঘুরাম রায়। নদীয়ার নবদ্বীপ রাজবংশে জন্মগ্রহণ করেন-কৃষ্ণচন্দ্র রায়।

কৃষ্ণচন্দ্র রায় একজন কূটনৈতিক ব্যক্তি ছিলেন। নবাব সিরাজদ্দৌল্লা ইংরেজদে সাথে সংঘাতে লিপ্ত হলে তিনি ইংরেজদের পক্ষ অবলম্বন করেন। পরবর্তী নবাব মীরকাশিমের সময় তাঁকে বন্দি করা হয়। ইংরেজদের হস্তক্ষেপে তিনি মুক্তিলাভ করেন। কোম্পানী সরকার তাঁর আনুগত্যের জন্য মহারাজা উপাধিতে ভূষিত করেন।

বাংলা সাহিত্য বাংলা সংস্কৃতি ও বাংলা ইতিহাসে তাঁর ভূমিকা ছিল অবিস্মরণীয়। নদীয়া রাজ পরিবারের শেষ্ঠ্র পুরুষ হিসেবে তিনি পরিগণিত ছিলেন। তিনি বিদ্বান, সংস্কৃত, ফার্সি ভাষায় শিক্ষিত, সংগীত রসিক ছিলেন।

কৃষ্ণচন্দ্র রায় ছিলেন শাক্তপদাবলীর রামপ্রসাদ সেন, অন্নদামঙ্গল কাব্য প্রণেতা ভারতচন্দ্র রায় গুণাকর, হাস্যরসিক গোপালচন্দ্র ভাঁড় প্রমুখ বাংলার প্রবাদপ্রতিম গুণী ব্যক্তিদের পৃষ্ঠপোশক। কৃষ্ণনগরে জগৎবিখ্যাত মৃৎশিল্পের সূত্রপাত তাঁর আমলেই ও উদ্যোগে শুরু হয়।

বাংলার প্রথম জগদ্ধাত্রী পুজো তাঁরই আমলে হয়। জনশ্রতি অনুসারে, বাংলার নবাব আলীবর্দিখানকে রাজকর দিতে না পারায় কারাগারে বন্দি হয়েছিলেন কৃষ্ণচন্দ্র রায়। ১৭৫৪ সালে দুর্গোৎসবের কাছাকাছি।

কারাগার থেক তিনি যখন মুক্ত হলেন, সেদিন ছিল বিজয়া দশমী। তিনি নৌকায় ঘুমিয়ে পড়েছিলেন। –তিনি স্বপ্ন দেখেছিলেন যে এক রক্তবর্ণা চতুর্ভূজা কুমারী দেবী তাঁকে বলছেন-'আগামী কার্তিক মাসের শুক্লা নবমী

তিথিতে তাঁর পুজো করতে। ফলে প্রচলন হয় সেই বছর থেকে জগদ্বাত্রী পজোর। এর পরের বছর চন্দননগরে জগদ্বাত্রী পজোর প্রচলন হয়।

-৯-

রাজা নবকৃষ্ণ যখন রাজত্ব করেছেন, সেই সময় লক্ষ্মীকান্তর পিতামহ সরিৎকান্ত খুবই ছোট ছিলেন। তাঁর পিতা মানে লক্ষ্মীকান্তর প্রপিতামহ বিরজাকান্ত বাংলাদেশের জমিদারির বেশ কিছু অংশ পান। তিনি আবার একটু ভীরু প্রকৃতির ছিলেন। ইংরেজদের তাঁবেদারী সেরকম তিনি আবার খুব একটা পছন্দ করতেন না। যদি তাঁবেদারী করতেন তাহলে তিনি একটা রাজা উপাধি পেয়ে যেতেন। তিনি ছিলেন সৎ।

তাঁর ভাই বরদাকান্ত একটু ডাণপিঠে গোছের ছিলেন। তার উপস্থিত ও বুদ্ধি বলে ইংরেজদের কবজা করে বেশ কিছু জমি- জমা ইংরেজদের কাছ থেকে আদায় করে ফেলেছিল। তাঁর সঙ্গে রাজা নবকৃষ্ণের একটা সৎভাব ও বন্ধুত্ব ছিল। সেই সুযোগে কলকাতায় একটা বসতবাড়ি করতে পেরেছিলেন। অবশেষে সঙ্গদোষে সব কিছু হারাতে হয় তাঁকে। টাকা পয়সা যাও করেছিলেন, সবই তিনি নষ্ট করে ফেলেছিলেন। যার ফলে শেষ জীবন তাঁর খুবই কষ্টে কাটে।

মীরা তাদের অনেক কথাই তার দাদু লক্ষ্মীকান্তর কাছ থেকে জেনেছে। তার দাদুর সঙ্গে একবার বাংলাদেশে রামঠাকুরের দেখা হয়েছিল। তিনি আশীর্বাদ করেছিলেন দাদু লক্ষ্মীকান্তকে –'সকলে তোমরা সুখে থাকবে। তোমাদের বংশবৃদ্ধি হোক। '

তারপর দাদুর সঙ্গে রামঠাকুরের আর দেখা হয় নি। রামঠাকুর অতি উচ্চ মানের যোগী পুরুষ ছিলেন।

সতীকান্ত ও ছোটবেলা থেকে মেধাবী এবং সৎ পকৃতির ছিলেন। কিন্তু তাঁর দুই ভাই দেবকান্ত আর কালীকান্ত দাদা সতীকান্তকে সেরকম কদর দেয় নি। যারফলে পরবর্তী জীবনে ভায়েদের সাথে সতীকান্তর সুমধুর সম্পর্ক ছিল না। তবু ওদের বৌদি কমলার সঙ্গে একটা ভাল সম্পর্ক গড়ে উঠেছিল। ওরা দুজনেই বৌদিকে খুবই শ্রদ্ধা করত। কমলাও ওদের খুব স্নেহ করতেন।

মেজ ভাই দেবকান্ত মীরজাফরের মতন সতীকান্তর জমির ওপর বাড়ি বানাল। সতীকান্ত যখন কেস করল তখন জমির সব নথি দেবকান্ত মিউনিপালিটিতে গিয়ে হাফিস করে দিল। ভাই দেবকান্ত তখন ঐ ওয়ার্ডেই কাউন্সিলর। অতএব হাত সাফাই খুব সহজে হয়ে গেল। কমলা বলেছিল- 'এসব কোর্ট কাছারি করোনা। ভায়ে ভায়ে ঝগড়া করে কী হবে? 'ঘটনা তাই হোল। জমির পয়শলা কিছুই হোল্ না। জমি দেবকান্তর ভাগ্যে জুটল। কিন্তু দেবকান্ত বেশীদিন সুস্থ ছিল্ না বেশ কয়েক বছর পরে পঙ্গু হয়ে যায়। নড়বার ক্ষমতা ছিল না। তার একট ছেলে মারা যায়। আর একটা পাগল হয়ে যায়। সংসারের ওপর কার যেন অভিশাপ এসে জড়ো হয়।

কালীকান্ত ঐ ভায়ের বিরুদ্ধে কোন কথা বলে না। সে ও মেজভাইকে সাপোর্ট করে। ভগবানের অভিশাপ তার ওপরেও পড়ে। সে ও একটা বংশধর আনতে পারল না। শুধু তা নয়, কন্যা সন্তানও প্রসব করতে পারেনি তার স্ত্রী রীতা।

এদিকে সতীকান্তর সংসার মা ষষ্ঠীর কৃপায় ভরপুর। বড় মেয়ের সৎপাত্রে বিয়ে দিয়েছেন। মেজমেয়ে মীরার স্বামী সুপ্রতিষ্ঠিত। ছোট মেয়ের স্বামী মারা যাবার পর ভাসুর কে বিয়ে করে ভালই আছে।

সতীকান্ত নাতি নাতনি দেখে এবং দুটো ছেলের একটা ব্যবসা আর একটা ব্যাঙ্কের অফিসার। ভরা সংসার। দেখে মন ভরিয়েছেন। এখন মরতে তাঁর আর কোন আফসোস রইলনা। নাতির বিয়ে দেখলেন সতীকান্ত। মনটা তার খুবই ভাল লাগছে। সত্যিই আনন্দের দিন।

বড় মেয়ের বড় ছেলের বিয়ে একটু আগে সুসম্পন্ন হোল। সতীকান্ত বরযাত্রী এসেছেন। এরকম ভাগ্য কয়জনের ঘটে? সতীকান্ত এবার মরলেও শান্তি পাবেন।

-১০-

হঠাৎ সতীকান্ত বুকে একটা ব্যাথা অনুভব করলেন। বিয়ে বাড়িতে ধুমধাম চলছে। উনি বুকে হাত দিয়ে চাপড়াতে লাগলেন। কমলা পাশেই ছিল। রাত এগারোটা বাজে। কী হোলো তাঁর? এখন কাউকে কিছু বলা মানে

বিয়ে বাড়ির সুন্দর মেজাজটা নষ্ট হয়ে যাওয়া। ব্যথা ক্রমশ বাড়ছে। ছোট মেয়েটার নজরে সতীকান্তর দিকে পড়ল। বিপাশা ছুটে এসে বাবাকে জাপটে ধরলেন। ধরলে কী হবে? সতীকান্ত গোঙাচ্ছে। প্রচন্ড কষ্ট। তিনি কী ভেবেছিলেন, এরকম কষ্ট তাঁক আঁকড়ে ধরবে। তিনি কথা বলতে পারছেন না। শুধু বুকের বাঁদিকটা চেপে রয়েছেন। সন্ধ্যে থেকে সমস্ত আনন্দ যেন বিয়ে বাড়িতে হ্রাস পেতে চলেছে। সতীকান্তর কাছে সকলে এসে ভিড় করেছে। সুধাংশু অ্যাম্বুলেন্সে ফোন করে দিয়েছে। বিয়েবাড়ি ম্রিয়মান। হঠাৎ সতীকান্ত হেলে পড়লেন ছোট মেয়ের কোলে। তিনি আর ভারসাম্য রাখতে পারলেন্ না।

বিয়ে বাড়িতে একজন ডাক্তর অতিথি হিসেবে এসেছিলেন। তিনি পাল্স দেখলেন। তারপর তাঁর মুখে কোনো কথা বেরুলো না। সতীকান্ত একটু আগে ভাবছিলেন-'মরলেও শান্তি পাবেন'।

বোধহয়, সতীকান্তর শেষ ইচ্ছেটা ভগবান মঞ্জুর করে দিলেন। ❑

বারাসাতে খুন

(রহস্য উপন্যাস)

বাড়ি থেকে কিছুটা দূরে উদ্ধার হোলো এক আইনজীবির ক্ষতবিক্ষত মৃতদেহ। বুধবার সকালে ঘটনাটি ঘটেছে বারাসাত থানার শেঠপুকুর এলাকায়। মৃতের নাম সুবিমল বিশ্বাস। বয়স ৫২। তিনি বারাসাত জেলা আদালতে কর্মরত ছিলেন। পরিবারের সদস্যদের দাবি, পরিকল্পনা করে খুন করা হয়েছে। তাঁরা এক মহিলাকে ও যুবকের নামে পুলিশের কাছে অভিযোগ দায়ের করেছেন। তার ভিত্তিতে খুনের মামলা রুজু করা হয়েছে। এবং পুলিশ তদন্তে নেমেছেন। আটক করা হয়েছে যুবককে।

অভিলাষ চ্যাটার্জী দু তিনবার কাগজের খবরটা পড়লেন। ঘুম থেকে উঠে এক কাপ লিকার চায়ের সঙ্গে সিগারেটে টান মারতে মারতে প্রত্যহ দৈনিক খান চারেক বাংলা ইংরেজি মিলিয়ে সংবাদ পত্রে চোখ বোলান, তাঁর এক রকম নেশা বলা যেতে পারে। আজও তার ব্যাতিক্রম হলো না। বিশেষ করে খুন, ধর্ষণ, রাহাজানির খবর গুলো তিনি একটু মনযোগ সহকারে পড়েন।

হঠাৎ ফোন বেজে উঠল। ক্রাডেল থেকে হাত বাড়িয়ে ফোনটা তুলে নিয়ে বললেন-'হ্যালো'!

ও্র প্রান্ত থেকে একটা মহিলার কন্ঠস্বর ভেসে এল-'আমি মিতা বিশ্বাস বলছি। আপনি কী অভিলাষ চ্যাটার্জী বলছেন'?

-হ্যাঁ বলছি। '

মহিলা কন্ঠস্বর আবার ভেসে উঠল ফোনে। 'আমার বড় বিপদ, আপনার সাহায্য চাই। '

অভিলাষ চ্যাটার্জী বললেন-'ব্যাপারটা খুলে বলুন '।

মহিলা ওপ্রান্ত থেকে বললেন-'খুন! কাল রাতে আমার স্বামী খুন হয়েছেন। বারাসাতের শেঠপুকুরের কাছে।

অভিলাষ চায়ের কাপে চুমুক দিয়ে জিজ্ঞেস করলেন-‘আপনি থাকেন কোথায়’?

আমি বারাসাতের নবপল্লী এলাকায় থাকি। আমার মামার নাম অরিন্দম শীল। মামা ব্যাঙ্গালোরে। তাই আমি আপনাকে সরাসরি ফোন করলাম।

-‘তুমি অরিন্দমের ভাগ্নী! তো আমার নাম্বার পেলে কোথায়, আমি তো সকলকে ফোন নাম্বার পারতপক্ষে দিই না। “ ভদ্রলোক বেশ ভারী গলায় কথাগুলো বলে ফেললেন।

মহিলা বললেন-‘আপনার নাম্বার মামা দিয়েছে। মামাকে ফোন করেছিলাম। ‘

-‘ও আই সি!

তুমি বাড়িতে থাকো। আমি যাচ্ছি। স্পটটাও দেখে আসব। তোমার বাড়ির ঠিকানা আমার হোয়াটস অ্যাপে পাঠিয়ে দাও। আমি চলে যাব’। একটা বিশেষ কাজে লাল্টু এসেছিল। লাল্টু মাঝে মধ্যে অভিলাষ চ্যাটার্জীর কাছে আসে। প্রয়োজন হলে অ্যাসিস্টও করে। মামাকে বলে-‘ আমি হলাম তোমার সহকারী’। লাল্টু আসলে বড় বোনের ছেলে। রিসেন্ট সাংবাদিকতায় পাশ করে একটা কাগজে সাংবাদিকতার কাজ করে। ফ্রিল্যান্স। সুতরাং নির্দিষ্ট কোন বেতন নেই। কোন কেস এলেই ডাক পড়ে লাল্টুর। যেমন আজকে লাল্টু সশরীরে বসে আছে। সবে একটা কেস সমাধান করেছে। সেই নিয়ে টুকিটাকি আলোচনা চলছে ঠিক সেই সময়ে নতুন কেসের একটা ফোন এল।

সব কেস অভিলাষ চ্যাটার্জী নেয়না। মেরিট বুঝে নেয়। সিগারেটে একটা বড় টান মারল অভিলাষ। অরিন্দমের ভাগ্নীর কেস। ভাগ্নী জামাই খুন। মাথাটা চুলকে বারাসাত থানার ওসির নামটা মনে করার চেষ্টা করল। লাল্টু বলল-‘মামা বারাসাত থানার ওসির নাম উমাপতি নস্কর। মনে নেই সেইবার বধু হত্যার ব্যাপারে বিবেকানন্দ রোডে বারাসাতে আমরা যখন যাই তখন উমাপতি নস্করের সাথে আমাদের আলাপ হয়’

‘উমাপতির নাম্বারটা ধরে আমায় দে। আমি কথা বলব। বডি অটোপসির জন্যে গেছে কিনা। যদি না যায়, তাহলে আমাদের কিছু কাজ

আছে। সাইটে যেতে হবে'।। অভিলাষ চ্যাটার্জী গড়গড় করে ইনস্ট্রাকশান দিয়ে গেল।

লাল্টু ফোন নাম্বার ডায়াল করে।। অভিলাষ চ্যাটার্জীকে মোবাইলটা এগিয়ে দিল।

সিগারেটে লম্বা টান মানে খুনটা নিয়ে চিন্তা করতে আরম্ভ করেছে অভিলাষ চ্যাটার্জী।

সোফা থেকে উঠে সোজা হয়ে দাঁড়াল। তারপর লাল্টুর দিকে তাকিয়ে বলল'-রেডি হয়ে নে। বেরুতে হবে। মা'কে ফোনে জানিয়ে দে –এখন বাড়ি ফিরছি না'। লাল্টু কাল রাতে এখানেই ছিল। টুকটাক কিছু কাজ ছিল। অভিলাষই লাল্টুকে রাতে বাড়ি ফিরতে দেয় নি। রাতে মামার কাছে খেয়ে শুয়ে পড়েছিল। অভিলাষ বাথরুমে ঢুকে গেল। দাড়ি কামিয়ে, স্নান সেরে বাথরুম থেকে বেরুলো। এখন মাথায় গিজগিজ করছে বারাসাতের কেসটা। এক্ষুনি পৌঁছুতে হবে। পুলিশ নিশ্চয় বডিটা ময়না তদন্তে পাঠিয়ে দিয়েছে।

লাল্টুকে নিয়ে বারাসাতের শেঠপুকুরের কাছে ট্যাক্সি চেপে চলে এল। জায়গাটায় বেশ ভিড় জমে আছে। লোকে লোকারণ্য। থানার বড়বাবু অভিলাষ চ্যাটার্জীকে দেখে এগিয় এলেন।

***

'গুড মর্নিং স্যার! আপনি তাহলে সব জেনে গেছেন। 'অভিলাষ মাথা নাড়ল। বডি এখনো পড়ে রয়েছে। ময়না তদন্তের জন্য এখনও পাঠাননি। নিউজ টা অথচ কাগজে বেরিয়ে গেল। অভিলাষ থানার ওসি উমাপতি নস্করকে জিজ্ঞাসা করল।

উমাপতি নস্কর চুপচাপ। লাল্টু বডির কাছাকাছি গিয়ে অনেকগুলো ফটো তুলল। পুকুরের ফটো তুলল। পুকরটা বেশ বড়।

পুলিশ সূত্রে জানা গিয়েছে, এদিন সকাল সাড়ে আটটা নাগাদ পুকুরের ধারে সুবিমলের মোটর বাইকটা পড়ে থাকতে দেখে স্থানীয় লোকজন। তাদের মধ্যে একজন থানায় জানান। উদ্ধার করা হয় ওই আইনজীবির মৃতদেহ। তাঁর মাথায় ও মুখের ডাণদিকে গভীর আঘাতের চিহ্ন ছিল। তা দেখে তদন্তকারীদের অনুমান -সুবিমল বিশ্বাস কে মারধর করে পুকুরে ফেলে

দেওয়া হয়েছে। মৃতের প্যান্টের পকেটে পাওয়া গেছে মানিব্যাগ ও অন্যান্য জিনিস। অন্যান্য জিনিস বলে কিছু কাগজ পত্তর। একটা ক্রেডিট ও ডেবিট কার্ড। সে দুটোই অক্ষত আছে। কিন্তু সুবিমলের মোবাইল ফোনটা মিসিং। সেটি পুলিশ উদ্ধার করতে পারেনি। হঠাৎ লাল্টু একটা কাঁচের চুড়ির আধখানা আবিস্কার করল। চুড়িটা মাঠের মধ্যে লেপটে রয়েছে। চুড়ির বাকী অংশ চোখে পড়ল না। তাহলে কী কোন মহিলা খুনের সাথে যুক্ত ছিল। ধস্তাধস্তিতে চুড়িটা ভেঙে গিয়ে টুকরো হয়ে গেছে। মিতা বিশ্বাসের হাতে ইমিটেশানের চুড়ি। লাল্টু যে কাঁচের চুড়ি পেয়েছে, সেটা লাল রংএর। মিতার হাতে তিন রংএর চুড়ি। কালো, সবুজ আর পিঙ্ক কালারের। সন্দেহের কাছে কেউই বাইরে নয়। লাল্টু চুড়ির টুকরোটা যত্নে রেখে দিল।

স্পটে মিতা বিশ্বাস রয়েছে। কান্নায় চোখগুলো ফুলো ফুলো। সারারাত যে ঘুমোয়নি মুখের চেহারায় তাই বোঝা যাচ্ছে।

তাঁর স্ত্রী মিতা বলেন-'এক মহিলা মাঝে মধ্যে রাতে সুবিমলকে ফোন করত। তা নিয়ে আমার সঙ্গে সুবিমলের কয়েকবার ঝগড়াও হয়েছে। আমার কাছে ব্যাপারটা সন্দেহজনক। আমি ওকে সন্দেহ করতাম। তাছাড়া মাস সাতেক আগে জমিজমা সংক্রান্ত বিষয় নিয়ে একজনের সঙ্গে গোলমাল হয়েছিল সুবিমলের'। সব কিছু পুলিশকে জানানো হয়েছে অনুসন্ধানের জন্য।

প্রাথমিক তদন্তে পুলিশ জেনেছে, প্রতি রাতে বারাসাতে চাঁপাডালির মোড়ে সুবিমল আড্ডা মারতে যেত। তার ভিডিও মোবাইলে তোলা ছিল সুবিমলের মোবাইলে। তদন্তে নেমে –একটা ফোনের ভয়েস কল রেকর্ডিং হাতে এসেছে পুলিশের। পুলিশের দাবি, সেই রেকর্ডিং এ শোনা গিয়েছে, ওই ভিডিয়োটি মুছে দেওয়ার জন্য কয়েকজন চাপ দেন সুবিমলকে। তখন তিনি ফোন করে এক মহিলাকে ভিডিয়োর বিষয়ে কিছু কথা বলেন। পুলিশের ধারণা, সুবিমল যখন ফোনে কথা বলছিলেন-তখনই তাঁর ওপরে অতর্কিত আক্রমণ হয়।

অভিলাষ চ্যাটার্জী সব কিছু শুনলেন। পুকুরের সংলগ্ন এলাকা কাদার ছাপ। স্থানীয় লোকেরা বলল-বৃষ্টি হলে এই জায়গাটা প্রচন্ড স্লিপারি হয়। এই সময়ে সচরাচর বৃষ্টি হয় না। যে জায়গায় ঘটনাটা ঘটেছে সেখান বেশকিছু

পায়ের ও জুতোর ছাপ লক্ষ করেছে অভিলাষ। লাল্টু অভিলাষের পেছনে পেছনে ঘুরছে আর ফটো তুলছে।

যে মহিলাকে আপাতত পুলিশ সন্দেহ করছে, তিনি কলকাতার বাইরে আছেন বলে জানিয়েছেন- বারাসাত থানার পুলিশ কর্তারা। অভিলাষ থানার ওসিকে বললেন –'তাকে থানায় ডেকে পাঠান'। তাঁকে ডেকে পাঠানো হয়েছে। এক তদন্তকারী অফিসার জানান। মৃতদেহ ময়না-তদন্তে পাঠানো হবে। রিপোর্ট এলে ঘটনা স্পষ্ট হবে। পাশাপাশি, পুলিশের সন্দেহ- সুবিমলের বাইক কোনভাবে বেসামাল হয়ে নিয়ন্ত্রণ হারিয়ে বাইক পুকুর পাড়ে পড়ে আছে কিনা তা খতিয়ে দেখা হচ্ছে। এখনও পর্যন্ত পুলিশ কোন সিদ্ধান্তে আসতে পারিনি। কিছুদিন আগে এই পকুরের পাশে প্রায় তিন চার বিঘা জমির ওপর মাঠে সার্কাস হয়ে গেছে। শীতকাল। উমাপতি নস্কর বারাসাত থানার ওসি। খুনের পর থেকে তিনি তদন্তের ওপর নাক বাড়িয়েছেন। সুবিমলের ব্যাগ থেকে তিনি যা যা কাগজপত্তর পেয়েছেন, সেগুলোর একটা লিস্ট বানিয়েছেন থানার সেকেন্ড অফিসার মিস্টার মিত্র। সেই মানি ব্যাগের ভেতর দুটো সার্কাসের টিকিট পেয়েছে। সন্ধ্যে সাতটার সো। রবিবার। তারই দুদিন বাদে সুবিমল বিশ্বাস খুন হয়। সেই দুটো টিকিট উমাপতি অভিলাষ চ্যাটার্জীর হাতে তুলে দেয়। অভিলাশ চ্যাটার্জী আসার জন্য উমাপতি অনেকটা হালকা বোধ করছে। ওনার ওপর যথেষ্ট আশ্বাস আছে।

অকুস্থলে অনেকেই এসে গেছে। মৃতদেহ আস্তে আস্তে কঠিন হতে শুরু করেছে। অভিলাষ চ্যাটার্জী ফ্যামিলি ফিজিসিয়ান ডাঃ সুমিত সাহাকে কতগুলো প্রশ্ন করতে শুরু করলেন। তার আগে থানার ওসি উমাপতি নস্করের একটা অনুমতি চেয়ে নিলেন। উমাপতি নস্কর অনুমতি দেবার পর ডাক্তারের উদ্দেশে বললেন-'ডাঃ সাহা, বডিটা কিন্তু ঠান্ডা হতে শুরু করেছে, আপনার মত কী?

'ডাঃ সাহা ঘাড় নাড়লেন। ইতিমধ্যে অভিলাষ চ্যাটার্জীর ফোনে ফরেন্সিক এক্সপার্টরাও চলে এসেছেন। তাঁরা তাঁদের সাধ্যমতো কাজ শুরু করে দিয়েছেন। বিভিন্ন ভাবে ফটো তুলতে শুরু করেছেন। এর আগে লাল্টু বেশ কিছু ফটো তুলে ফেলেছে।

হঠাৎ ফরেন্সিক বিভাগের বিজন ঘোষ দস্তিদারকে সরাসরি একটা প্রশ্ন করে বসলেন-অভিলাষ চ্যাটার্জী। 'কোন রকম ধস্তাধস্তির চিহ্ন বোঝা যাচ্ছে'?

ঘোষ দস্তিদার মাথা নেড়ে বললেন-'ইয়েস'

আবার অভিলাষ চ্যাটার্জী বললেন-'খুব কাছের মানুষ এই খুনটা করেছে। গলায় হালকা কোন অস্ত্র ব্যাবহার করা হয়েছে। কিন্তু সুপারী কিলার নয়, সেটা পরিস্কার। মাথাটার পেছন থেকে ভারী কোন অস্ত্র প্রয়োগ করা হয়েছে। আনকোরা। খুব সম্ভব একের অধিক লোক ছিল।

এদের কথার মাঝে উমাপতি নস্কর ঢুকে পড়ে বললেন-'ভিকটিম মানে উকিল মশাই আততায়ীকে আটকাতে চেয়েছিলেন-ওনার বাঁ হাতের তালুটা দেখুন রক্ত জমাট হয়ে রয়েছে। যতই হোক আচমকা। ঠিক সামাল দিতে না পারার জন্য হার মানতে হয়। শেষে বেশ কিছু ধস্তাধস্তির পর হাল ছেড়ে দেন।

-২-

অভিলাষ চ্যাটার্জী সপ্তাহ খানেক আগে একটা খুনের কিনারা করে এসেছেন। শ্বশুরের গলায় রাত বারোটার পর ওষুধ দিতে গিয়ে বঁটির কোপ বসায় মেজ ছেলের বউ। অদ্ভুত খুন ব্যাপারটার মধ্যে ভাগ্নে লাল্টুর অবদান বা বুদ্ধি কম নয়। ঐ কেসটা পুলিশ ঠিক মতন তদন্ত করতে পারেনি। কেসটা প্রমাণ করতে বেশ কিছুটা বেগ পেতে হয়েছিল অভিলাষ চ্যাটার্জীকে।

খুন। যে খুন হয়েছে সে একজন প্রখ্যাত আইনজীবি। মানে পেশায় উকিল। সরকারী উকিল। জেলার উকিল। যে সে জেলা নয় বারসাত জেলার উকিল।। সে যাই হোক, এই গত বুধবার একজন জলজ্যান্ত মানুষ রাতের অন্ধকারে খুন হয়ে গেল। সে ব্যক্তি যে সে ব্যক্তি নয়। স্বনামধন্য সরকারী পক্ষের উকিল সুবিমল বিশ্বাস। বেশ নামকরা একজন জাঁদরেল উকিল। খুন হয়ে গেল। ব্যাপারটা একটু খুলেই বলা যাক-সন্ধে বেলা কোর্ট থেকে বাড়ি ফিরে, বেরিয়ে পড়েছিল বাড়ি থেকে যেমন রোজ বেরোয়। একট চায়ের দোকানের কাছে কয়েক জন মিলে আড্ডা মারে। তারপর বাড়ি ফিরে আসে।

কিন্তু ব্যতিক্রম হোল বুধবার। আড্ডা মেরে বাড়িতে এসে ডিনার খেয়ে টিভির নভটা খুলে খবর শুনছে। হঠাৎ মহিলার ফোন এবং বাদানুবাদ শুরু হয়ে যায় ফোনে। তারপর বাইরের দরজায় কলিংবেলের শব্দে ওই অবস্থায় আগন্তুকের সঙ্গে বাড়ি থেকে বেরিয়ে পড়ে সুবিমল উকিল। রাত কাবার হয়ে যায়। সুবিমল বাড়ি ফেরে না। মিতারও দুঃশ্চিন্তা বাড়তে থাকে। পাশের বাড়ির বলাইকে ফোনে ডাকে। সঙ্গে সঙ্গে বলাই বারাসাত থানায় যায়।

সেখানে গিয়ে হদিস পায়, পুকুর পাড়ে বাইক সমেত একটা মৃতদেহ। পরনে সাদা পাজামা ও পাঞ্জাবী। বাইকটা পুলিশ পুকুরের ধারে শায়িত দেখে। উদ্ধার করেছে উকিলের মৃতদেহ। সকাল বেলায় স্থানীয় লোকেরা বারাসাত থানায় খবর দেবার পর, বাইক এবং মৃতদেহ উদ্ধার করা হয়। পুলিশ চারিদিক ঘিরে ধরেছে। বলাই এর কাছে খবর যায়। পাড়ার ছেলে বলাই পুকুর পাড়ে মৃতদেহ দেখে চেঁচিয়ে ওঠে-'সুবিমল দা'। ততক্ষণে বাড়িতে মিতা বিশ্বাসের কাছে পাড়ার ছেলেরা খবর চালান করে। বলাই ছাড়াও পাড়ার কয়েকজন সুবিমলের নামে গুঞ্জণ শুরু করে দিয়েছে। সুবিমল এই এলাকায় খুব সজ্জন ব্যক্তি। ওর শত্রু থাকতে পারে, কেউ চিন্তাই করতে পারছে না। সুবিমল বিশ্বাসের মাথায় আঘাতর চিন্হ। ডাণ দিকের চোখের ওপর চোট। সুবিমলের মৃতদেহ শায়িত। সমস্ত ব্যাপারটা পূর্ব পরিকল্পিত এবং রহস্যজনক।

সুবিমলের স্ত্রী মিতা বিশ্বাস সনাক্ত করে বলে-'এ দেহ তার স্বামীর সুবিমল বিশ্বাসের। কিন্তু সব কিছু ঘুলিয়ে যাচ্ছে। রাতে এক মহিলা তার স্বামীকে ফোন করেছিল। তারপর একজন যুবক বাড়ি থেকে ডেকে নিয়ে যাবার পর থেকে স্বামী বেপাত্তা। সে এর বিন্দু বিসর্গ বুঝতে পারছে না। এর মধ্যে একটা রাকেট কাজ করছে। তার স্বামী সেই রাকেটেরই স্বীকার। মৃতদেহের পকেটে মানিব্যাগ পাওয়া গেছে। ব্যাগে একটা ক্রেডিট ও ডেবিট কার্ড আছে যা অক্ষত। হাতে ঘড়ি। কিন্তু জলের দাগে ঝাপসা। পুলিশের রহস্য ক্রমশ বাড়ছে। মিতা বিশ্বাস মৃতদেহ জড়িয়ে ধরে ক্রমশ কেঁদে চলেছে। পুলিশের বাধা শুনছে না। তদন্তের খাতিরে এ মুতদেহ স্পর্শ করা যায় না। যতই হোক স্বামীই তো! মোবাইল ফোন মিসিং। মোবাইলের খাপটা পাওয়া গেছে। পুলিশের রহস্য বেড়েই চলেছে। তদন্তর খাতিরে মিতাকে একটা জেনারেল ডায়েরি করার জন্য ওই থানার ওসি থানায় পুলিশের

গাড়িতে নিয়ে গিয়ে হাজির করে। থানার ওসি উমাপতি নস্কর। এরই মধ্যে ফরেন্সিক বিভাগের লোক মিতার হাতের ছাপ নেয়। যেহেতু মৃত বডিটা মিতা জড়িয়ে ধরেছিল। ভবিষ্যতে কাজে লাগতে পারে এই আশঙ্কায়।

পুলিশ ময়না-তদন্তের জন্য উকিলের মৃতদেহ পাঠিয়ে দেবার ব্যাবস্থা করছে। খুন সে তো পরিস্কার হয়ে গেছে। এখন খুনের মোটিভ কী? দুজন সন্দেহজনক যুবককে পুলিশ গ্রেপ্তার করছে। সুবিমল বিশ্বাসের বয়স পঞ্চাশের দোরগোড়ায়। মিতা বিশ্বাস বারসাত থানায় পরিস্কার বলেছে-তার স্বামীকে রোজ রাতের দিকে একজন মহিলা ফোন করে এবং মহিলার সাথে ঝগড়া ও চেঁচামিচি পর্যন্ত হয়। এই ব্যাপারটাকে কেন্দ্র করে মিতা ও সুবিমলের মধ্যে একটা ভুল বোঝাবুঝির সৃষ্টি হয়। মাঝে মাঝে সেটা চরমে পৌঁছায়। খুনের আগের দিনও কম ঝগড়া ওদের স্বামী-স্ত্রীর সঙ্গে হয়নি।। মিতা প্রতিদিন রাতে মোবাইলটা ওই সময় অডিওতে রাখত। ওর মনে সন্দেহ হোত, সুবিমল বোধহয় ওই মহিলার সঙ্গে অবৈধ প্রেমে মেতে উঠেছে। এক সময় মিতা ডিভোর্সের কথাও চিন্তা করেছিল। কিন্তু ছেলে তাতাইএর ভবিষ্যৎ ভেবে পিছিয়ে এসেছিল। পুলিশের ধারণা স্পষ্ট। আইনজীবি খুন হয়েছে। ময়না তদন্তের রিপোর্ট না পাওয়া পর্যন্ত তদন্ত সঠিক সিদ্ধান্তে আসতে পারবে না। কিন্তু লোকটাকে খুন করল কে? একটা জিজ্ঞাসার চিহ্ন থেকেই যাচ্ছে। আইনজীবীর স্ত্রী মিতা বিশ্বাসের কথায় রাতে যে মহিলা তার স্বামীকে ফোন করেছিল, সে মোটেই ভাল নয়। তার একটা উদ্দেশ্য অবশ্যই আছে। সেটা উড়িয়ে দেওয়া বা আন্ডার এস্টিমেট করা যায়না। সে সব সময় পুলিশের সন্দেহের তালিকায় থেকে যাচ্ছে। পুলিশ জিজ্ঞাসা বাদের জন্য থানায় চায়ের দোকানের ছেলে পাপ্পুকে ধরে নিয়ে আসে। সে ভয়ে বলে সে কিছু জানে না। পুলিশ পাপ্পুকে বলে-'তোকে আবার আমাদের কাজে লাগবে। কিছু জানলে লুকোবি না'।

পুলিশ ময়না-তদন্তের জন্য উকিলের মৃতদেহ পাঠিয়ে দেবার ব্যাবস্থা করছে। খুন সে তো পরিস্কার হয়ে গেছে। এখন এই খুনের মোটিভ কী? ভদ্রলোকের নাম সুবিল বিশ্বাস। বয়স পঞ্চাশের দোরগোড়ায়।

পুলিশের ধারণা স্পষ্ট। আইনজীবী খুন হয়েছে। ময়না-তদন্তের রিপোর্ট না পাওয়া পর্যন্ত তদন্ত সঠিক ভাবে করা যাবে না। কিন্তু লোকটাকে

খুন করল কে? আইনজীবীর স্ত্রী মিতা বিশ্বাসের কথায় রাতে যে মহিলা তার স্বামীকে ফোন করেছিল। তার সঙ্গে মৃতের বাদানুবাদ শোনা গিয়েছে এবং তাঁর স্বামীকে বেশ উত্তেজিত দেখাচ্ছিল সেই সময়ে। ব্যাপারটা গোলমেলেতো বটেই।

যে জায়গায় ঘটনাটা ঘটেছে, তার থানার নাম বারাসাত থানা। অর্থাৎ বারাসাত থানার আন্ডারে খুনের কেসটা নথিভুক্ত করা হয়েছে। বড়বাবু উমাপতি নস্কর। উমাপতি নস্কর ওই থানায় বছর পাঁচেক আগে এসেছেন। আগে বারুইপুর থানায় ছিলেন। একটু আগেই মিতা বিশ্বাসকে পুলিশ জেরা করেছে, বেশ কিছু বিষয়ে। বছর সাতেকের একটা ছেলে আছে। ক্লাস টু তে পড়ে। মিতা বিশ্বাসের হাতের ছাপও নেওয়া হয়েছে।

-৩-

থানার বড়বাবু বিপক্ষদলের আইনজীবীকে জেরা করার জন্য থানায় ডেকে পাঠিয়েছেন। কোথা থেকে কী খবর এসে যায় কে বলতে পারে? বিপক্ষদলের আইনজীবী শঙ্করদাস বন্দ্যোপাধ্যায় বেশ খেলুড়ে মানুষ। অনেক কথাই তিনি গোপন করে যাচ্ছেন। ভদ্রলোককে জেরা করতে উমাপতি নস্করের কালঘাম ছুটে যাচ্ছে। যতই হোক উকিল তো। মারপ্যাচটা ভালই বোঝেন।

কেসটা মানে মামলাটা একটা বাড়ির সম্পত্তি নিয়ে। শরিকি মামলা ভায়ে ভায়ে ঝগড়া বিবাদ। দুই ভাইয়ের মধ্যে একজন খুবই প্রভাবশালী। যে ভাই প্রভাবশালী তারই উকিল শঙ্করদাস বাবু। এককথায় বিবাদী পক্ষের উকিল শঙ্কর বাবু। বাদী পক্ষের উকিল সুবিমল বিশ্বাস ছিলেন। সুবিমল বিশ্বাসের মক্কেল নিত্যানন্দ মল্লিক খুবই সজ্জন ব্যক্তি। তার মায়ের পেটের ভাই সম্পর্কে দাদা গৌরাঙ্গ মল্লিক। বাড়ি বারাসাত। বাড়িটার নাম মল্লিক বাড়ি। প্রায় সাত কাটার ওপর দোতলা বাড়ি। আমগাছ, পেয়ারা গাছ, লিচু গাছ নিয়ে বেশ কিছুটা অংশ বাগান। দক্ষিণদিকে একটা বড় পুকুর আছে। এঁদের তিনপুরুষ এই বাড়িতে পরম্পরায় বসবাস করে যাচ্ছেন। এই সম্পত্তির মামলাটা শঙ্করদাস জিতেছিল। সেই থেকে শঙ্করদাস ব্যানার্জী নিজেকে বড় উকিল ভাবে। বিচারককে প্রচুর পয়সা খাইয়ে হাত করেছিল

শঙ্করদাস ব্যানার্জী। কিন্তু সুবিমল বিশ্বাস ছিলেন সৎ এবং ন্যায়পরায়ণ। সে ওকালতির অবমাননা কোনদিন করেনি বা চালাকি করে জিততে চায়নি। এই কেসটাকে কেন্দ্র করে তন্ময় সেনের কেসটা জিততে গিয়ে হেরে গিয়েছিল। শঙ্করদাস ব্যানার্জী সেটা মানতে পারেনি। তাই তার ক্লায়েন্ট মঞ্জুলিকার লালসার শিকার হয় সুবিমল বিশ্বাস। এর ফল স্বরূপ সুবিমল বিশ্বাসকে এই শঙ্করদাস ব্যানার্জী মঞ্জুলিকার পরামর্শে ছেঁটে ফেলে দিতে এক বিন্দুও হাত কাঁপেনি। পুলিশ এসব তদন্ত কাল্টিভেট করে জোগাড় করেছে।

শঙ্কর বাবু একটু ডাঁটুস প্রকৃতির। মুখে পাইপ। কথা বলতে বলতে পাইপ টানছেন। চেহারার মধ্যে বেশ আভিজাত্যের ভাব ফুটে উঠছে। তবে জেরার উত্তর গুলো সোজা সাপটা নয়। বেশ ঘোরালো। এসব ঘুঘু মানুষকে কিভাবে বাগে আনতে হয় তার ফরমূলা উমাপতি নস্করের জানা আছে। শঙ্করবাবু পুলিশকে সহজে অনেক কথা বলতে চাইছেন না। তাঁর বক্তব্য- 'আমি অতশত জানি না। কার সঙ্গে কার বিবাদ, আমি কী করে জানব'। উমাপতি নস্করও ছাড়বার পাত্র নন। তদন্তের খাতিরে থানায় ডেকে পাঠিয়েছেন। একটা খুনের ব্যাপার বলে কথা। গড়িমসি করলে চলবে? শঙ্করদাস ব্যানার্জী প্রথম থেকেই পুলিশের জেরায় অসত্য কথা বলে চলেছেন। তিনি নিজেও জানেন এটা একটা কগনিজেবল অফেন্স। শঙ্করদাস ব্যানার্জী যার ফলে উমাপতি নস্করকে প্রথম থেকে খেলিয়ে যাচ্ছেন। তিনি নিজে এটা ভালভাবে জানেন যে তিনি একজন উকিল হয়েও আদালতে দিব্যি মিথ্যা ভাষণের ঝুরি ঝুরি বন্যা বইয়ে দিচ্ছেন। বিচারক মিঃ সনাতন মন্ডল কিন্তু আগের বারের কেসের মত মঞ্জুলিকার মদতে শঙ্করদাস ব্যানার্জীর কাছ থেকে কোনরকম উপঢৌকন খাননি। তিনি সাচ্চা বিচারক। তিনি অনেক কু-কীর্তির বিরুদ্ধে রায় দিয়েছেন। যার জন্য এই বিচারকের বিরুদ্ধে আদালতে অনেক অপপ্রচার করা হয়েছে। উনি শাসক দলের অনেক নেতাকে দন্ড দিয়েছেন। শাসক দলের কিছু মন্ত্রী আবার এই বিচারক মন্ডলকে প্রাণনাশের হুমকিও দিয়েছে।

থানায় এসেছেন সুবিমল বিশ্বাসের শালা অভিজিৎ চন্দ্র। মিতা বিশ্বাসের বাপের বাড়ির পদবী চন্দ্র। ছোট শালা অরবিন্দ চন্দ্রকেও পুলিশ ডেকে পাঠিয়েছে। তদন্তের কাজ মোটামুটি ভালই এগুচ্ছে। খুন বলে কথা। রাতে যে মহিলার সঙ্গে সুবিমল বিশ্বাসের তর্ক হয়েছে-তার নাম শেফালি

বক্সী। শেফালির নাম মিতা বিশ্বাসের কাছ থেকে উদ্ধার করেছেন উমাপতি নস্কর। মাঝে মাঝে মিতা বিশ্বাস সন্দেহের বশে সুবিমলের ফোন থেকে রাতের বেলায় ফোন করা থেকে কৌতুহল বশত মিতা নোট করে তার ফোনে সেভ করে রেখে দিত। রাতের দিকে অনেক মহিলা মক্কেলও সুবিমলকে ফোন করত। যেমন মঞ্জুলিকা দাশগুপ্ত, সীমন্তিকা রায়, অপর্ণা সুর। সুবিমল বাথরুম গেলেই এই কাজটা মিতা করে ফেলত। এটা একপ্রকার মিতা বিশ্বাসের নেশা বা পাগলামিও বলা চলে। এইসব মহিলাদের মোবাইল নম্বর উমাপতি নস্করকে তুলে দিয়েছে মিতা।

এক একটা মোবাইল নম্বর অনুযায়ী উমাপতি নস্কর থানায় ডেকে জেরা করেছে। খুনের তদন্ত চলছে। সকলেই সন্দেহের তালিকায়। উমাপতি নস্কর এই তল্লাটে জাঁদরেল পুলিশ অফিসার। কাউকে তিনি সন্দেহের তালিকা থেকে বাদ দিতে চান না। সকল ব্যক্তি সন্দেহর মধ্যে পড়ে। এমনকী মিতা বিশ্বাস ও পুলিশের সন্দেহর তালিকায় আছে। মিতা বিশ্বাসকেও পুলিশ জেরা করে নাস্তানাবুদ করেছে। মিতা বিশ্বাস তদন্তর খাতিরে যা জানে সবটাই পুলিশের ওসি উমাপতি নস্করকে জানাতে দ্বিধা করেনি। এটা তার কর্তব্য। ঠিক ঠিক সব কথা পুলিশকে না বললে তদন্তর ফল সঠিকভাবে এগুবে না।

-৪-

মিতা বিশ্বাসের দেওয়া নাম অনুযায়ী শেফালিকে তলব করে উমাপতি নস্কর। শেফালির সাথে সুবিমলের একটা ঘনিষ্ট সম্পর্ক ছিল। সেই কথাটাই পুলিশকে জানিয়েছে মিতা বিশ্বাস। শেফালি শেষ পর্যন্ত স্বীকার করেছে যে সে খুনের আগের দিন রাতে সুবিমল বিশ্বাসকে ফোন করে কিছু কথা বলেছে। শেফালির ফোন নাম্বার নোট করেছে উমাপতি। শেফালির সিম ভোডাফোনের। পুরো কল লিস্টটা খুনের আগের দিন রাতের এবং এক সপ্তাহ আগের কল নোট করে নিয়েছে। শেফালির মোবাইল ফোন তদন্তের খাতিরে বাজেয়াপ্ত করেছে। ঐ ফোন থেকে কিছু ক্লু বেরিয়েও আসতে পারে। একমাসে সুবিমল বিশ্বাসের সঙ্গে প্রায় কুড়িবার ফোনে কথা হয়েছে শেফালি বক্সী। শেফালি বক্সীর ভাবগতিক এমন ভাঙবে তো মচকাবে না।

শেফালির হাতে কাঁচের চুড়ি। সবুজ আর হলদে। লালের আধ টুকরো লাল্টু কুড়িয়ে পেয়েছে। পুলিশের ঘা খেলেই ঘাড় কাত করতে হয়, সেটা বোধহয় শেফালির জানা নেই। হঠাৎ থানায় শেফালির ফোন বেজে উঠল। শেফালি ফোন ধরার আগে উমাপতি নস্কর তদন্তের খাতিরে ফোনটা কেড়ে নিলেন। ওপাড় থেকে শুধু শুনতে পেলেন-'আমি মঞ্জুলিকা বলছি, শুনতে পাচ্ছিস। সেই ব্যাপারটার কিছু হলো'? ফোনটা উমাপতি শেফালির হাত থেকে কেড়ে নিয়ে স্পীকারে রেখে দিয়েছিল। ফোনটার লাইন ততক্ষণে কেটে গেছে। সুবিমলের সাথে শেফালি সার্কাস দেখতে গিয়েছিল নিজমুখে স্বীকার করেছে শেফালি। তবে শেফালির কোন মোটিভ বা খুন করার অভিপ্রায় ছিল না। শেফালি প্রেমে পড়ে গিয়েছিল সুবিমলের।

শেফালির ফোনে মঞ্জুলিকার ফোন। কিছুদিন আগে মিতা বিশ্বাস যে নামগুলো পেয়েছিল সুবিমলের ফোন থেকে সেই নামের লিস্টে মঞ্জুলিকার নাম ছিল। রহস্য ক্রমশঃ ঘণীভূত হচ্ছে। উমাপতি হাল ছাড়ার পাত্র নয়। রহস্যর এটাও মানে এই নামটা একটা বড় ক্লু। উমাপতি শেফালির ফোনটা থানায় জমা করে চার্জারটা চেয়ে নিলেন। শেফালি কাঁধের ব্যাগ থেকে চার্জারটা বার করে উমাপতির টেবিলের সামনে রাখলেন।

পুকুরের কাছে গত সোমবারই উমাপতি সরেজমিনে তদন্ত করে এল। একজন ডুবুরিকে পুকুরে নামিয়েছিল। পুকুরে জালও ফেলা হয়েছিল। কিন্তু সব বৃথা। মোবাইলের একটা খাপ উদ্ধার হয়েছিল। হলদে রংএর। জলে চুপসে গেছে। একটু ফ্যাকাসে রংএর লাগছে। মিতা বিশ্বাসের কথা অনুযায়ী খাপটা সুবিমল বিশ্বাসের। কিন্তু মোবাইলের দেখা নাই গো মোবাইলের দেখা নাই। উমাপতি হঠাৎ গুনগুন করে গান ধরলেন।

অভিলাষ আর উমাপতি নস্করের তত্ত্বাবধানে সুবিমল বিশ্বাসের মৃতদেহ ময়না তদন্তে পাঠিয়ে দেওয়া হয়। অভিলাষ চ্যাটার্জী নিজের মতন তদন্ত শুরু করে দিয়েছে। প্রথমে মঞ্জুলিকার বাড়ি যায়। মঞ্জুলিকার বাড়ি বিজয়া সিনেমার কাছে টাকি রোডের ওপর। মঞ্জুলিকার বাড়ি সার্চ করে। টেবিলে পড়ে আছে চার পাঁচেক মোবাইল ফোন। ফোনগুলো সিজ করে। একটা ফোন ছাড়া বাকি ফোন গুলো সিম ছাড়া। যে ফোনটা চালু সেটা জিওর কানেকশান। জিওর স্টোর থেকে কললিস্ট প্রায় তিনমাসের নিয়ে

আসে। কোনটাই সুবিমল বিশ্বাসের সঙ্গে কথোপকোথন নেই। হঠাৎ আবার কী যেন ভেবে পাশের ঘরে ঢুকে যায়। কিছুটা অতর্কিতে। সিঙ্গল খাট। এক ভদ্রমহিলা শুয়ে রয়েছেন। অভিলাষকে দেখে মোটেই আশ্চর্য হলো না। যেন জানত অভিলাষ এই বাড়িতে আসবে। খাটের সামনে একটা টুল। অভিলাষ বসে পড়ল ধপাস করে। ভদ্রমহিলাকে জিজ্ঞেস করল-' মঞ্জুলিকা আপনার কে হন'? ভদ্রমহিলা কিছু বলার আগেই মঞ্জুলিকা ঘরে ঢুকে কী যেন ইশারা করল। ভদ্রমহিলা মুখ বন্ধ করে রইলেন। অভিলাষ এখানেও একটা রহস্যর গন্ধ পাচ্ছে। একটা টিয়া পাখি হঠাৎ দাঁড়ে বসে বলছে-দুবাই। অভিলাষের সাথে মঞ্জুলিকার চোখাচুখি হতেই অভিলাষ বলল-'কি বলছে টিয়া? মঞ্জুলিকা খুব চিন্তা করে বলল-'আমার স্বামী দুবাই থাকে। সেটাই টিয়া বলছে। হঠাৎ চোখে পড়ল একটা তাকের ওপরে দুবাই নাম লেখা সোনার রং এর বাক্স। অভিলাষ সেটা নিতে সামনের দিকে এগোয়। মঞ্জুলিকা বাধা দেয়। 'স্যার, ওটায় আমার কানের দুল আছে। দুবাই থেকে আনা। বছর দুয়েক আগে আমি দুবাই থেকে এনেছি।। মঞ্জুলিকার কথা বলার মধ্যেই, বাক্সটা অভিলাষের হাতে চলে এসেছে। বাক্সটা খুলতেই অভিলাষের চক্ষু ছানাবড়া। প্রায় গোটা ছয়েক মোবাইলের সিম রয়েছে। কোন রকম দুল নেই। অভিলাষ সিমগুলো বাজেয়াপ্ত করে নিজের হেফাজতে নিয়ে নেয়। তারপর মঞ্জুলিকার দিকে তাকিয়ে বিদ্রুপ করে বলে-'এগুলো আপনার কানের দুল বুঝি'? মঞ্জুলিকা জিভ কাটে। না স্যার। কানের দুল তো আমার কানে। এগুল দুবাই থেকে আনা। তদন্তর খাতিরে দুল জোড়া খুলে দিতে বলে অভিলাষ। কেঁচো খুড়তে সাপ না বেরিয়ে পড়ে। অনিচ্ছা সত্বেও মঞ্জুলিকা কানের দুল জোড়া অভিলাষের হাতে দিয়ে দেয়।

-৫-

সেদিন থানায় সুবিমল বিশ্বাসের স্ত্রী মিতা বিশ্বাস এসে নালিশ করে গেল। কে যেন তাকে সাইকেলে করে যেতে যেতে মিতা বিশ্বাসকে শাসিয়ে সাইকেল নিয়ে সামনের দিকে এগিয়ে গেল। লোকটা যাবার সময় বলেছে-; আর এগুলে খারাপ হবে সাবধান! ' মিতার কথায় উমাপতি নড়েচড়ে বসলেন। উমাপতি নস্কর ঘুঘু পুলিশ। এই তল্লাটে বেশ নাম করেছেন। মদের

ঠেক। নোংরা কাজকর্ম বন্ধ করেছেন। তবে উঁচুতলা থেকে কোন আদেশ এলে, কিছু সমাজ বিরোধীদের ছেড়ে দিয়ে, বুড়ো আঙুল কামড়ান। এই তো সেদিন একটা রেপ কেস ধরলেন। হাতে নাতে যাকে বলে। কিন্তু ওপর ওলার চাপ। ছেড়ে দিতে হলো। আসলকথা, আমাদের সমাজটা রন্ধে রন্ধে ঘুণপোকায় ছেয়ে গেছে। দেখে যাও কিছু বললেই বিপদ।

উমাপতি নড়ে চড়ে বসলেন। ছক কষতে লাগলেন কী অ্যাকশান কীভাবে নেবেন। চেয়ার ছেড়ে উঠে দাঁড়িয়ে মিতা বিশ্বাসকে একটু সাবধানে থাকতে বললেন। মনে মনে ভাবলেন-মিতাকে পৃথিবী থেকে সরিয়ে দিলে সব কিছু তথ্য লোপাট হয়ে যাবে। কেস তখন ডিসমিস।

দ্বিতীয় পর্ব

অভিলাষ চ্যাটার্জীর হঠাৎ একটা ফোন পেল উমাপতি নস্কর। উমাপতি তখন কানে সুরসুরি দিচ্ছিলেন। মনে মনে ভাবছেন, অভিলাষ চ্যাটার্জী যখন কেসটা হাতে নিয়েছেন, তখন একটা হেস্তনেস্ত করবেন ঠিকই। কিন্তু উমাপতির ঘুম কেড়ে নেবেন। অভিলাষ চ্যাটার্জী বারাসাতে কলোনীর মোড়ে লীলা সিনেমার কাছে তদন্তের খাতিরে সপ্তাহ খানেকের জন্য ভাড়া নিয়েছেন সাউথ ফেসিং একটা ফ্ল্যাট। এ ব্যবস্থা নস্করই করে দিয়েছে।। লালটু কে বাড়িতে পাঠিয়ে দিয়েছে। কেসটা যখন হাতে একবার নিয়েছে এর শেষ তিনি দেখে ছাড়বেন। থানার ওসি যা তদন্ত করছে করুক। তিনি তাঁর ছকে তদন্ত করে যাবেন।

তাঁর সন্দেহের তালিকায় অরিন্দমের ভাগ্নীও আছে। তাকেও ছেড়ে দেওয়া যায় না। সুতরাং খুব বুঝে সুজে পা ফেলতে হবে। সে প্রাইভেট গোয়েন্দা কোনরকম আপোষ চলবে না।

***

অভিলাষের ফোন পেয়ে তৎক্ষণাৎ উমাপতি অভিলাষের ফলাটে চলে এল। ফলাটটা বেশ সাজানো গোছান। উমাপতি এসে বলল-‘জরুরী তলব, কোন ক্লু পেলেন নাকি’?

অভিলাষ মঞ্জুলিকার কানের দুলজোড়া উমাপতির হাতে দিয়ে বলল='এই দুলটা সম্বন্ধে আমাকে একটু কোন সোনার দোকান থেকে যাচাই করে বলতে হবে। মানে এটা ইমপোর্টেড কি না,?

উমাপতি দুলটা হাতে নিয়ে বলল-'এই ব্যাপার, আমি আপনাকে কাল সকালের মধ্যে জানিয়ে দেব। অভিলাষ নিজের মনে হো হো করে হেসে উঠল। শুনুন মশাই। উমাপতি চলে যাবার পর হঠাৎ মিতার হাতে কাঁচের চুড়ির কথা মনে পড়ল অভিলাষের। তবে কী মিতা বিশ্বাস? তা হবে কেন? অঙ্কটা যেন মিলেও মিলতে চায়না।

মিতা বিশ্বাস কি করবে কিছুই বুঝতে পারছে না। মিতার বড় ভাই কমল চন্দ্র একসময় সরকারী অফিসে কাজ করতেন। সেই সুবাদে অনেক পরিচিতি আছে উপর মহলে। ফোনে সব কথা হয় না। দাদার বাড়ি কসবা রাজডাঙ্গা অঞ্চলে। আক্রোপলিশ মলের কাছে। বড়দা বাবার সঙ্গে থাকেন না। সেই রকমই একটা চিন্তা মাথার মধ্যে ঘুরপাক করছে। দেখা যাক কতদূর কী করা যায়? স্বামী মরল তার ভয়ে তাকে লুকিয়ে থাকতে হবে। বলতে গেলে প্রাণনাশের হুমকি। এই হলো দেশের আইন আদালত। ঘেন্না ধরে গেল। পুলিশের কথা মতন মিতা বিশ্বাস বাড়ি থেকে খুব একটা বেরোয় না। মাঝে ময়না তদন্তের রিপোট থেকে পুলিশ জানতে পেরেছে। তার মৃত স্বামী সুবিমল বিশ্বাস 'মায়োকার্ডিয়াল ইনফার্কশান বা হার্ট অ্যাটাকের জন্য মৃত্যু হয়েছে। সাধাণত ধমনীগুলির কঠিন বা ফুরিং আপ নামে পরিচিত। এমন এক অবস্থা হয় যা হzৎপিন্ডে রক্ত সরবরাহ হ্রাস করে। এছাড়া সুবিমল বিশ্বাস যে ডায়াবেটিস রুগী ছিলেন তা প্রমাণিত'।

মিতা বিশ্বাস বড়বাবু উমাপতি নস্করের সামনেই চিৎকার করে উঠলেন-'সব সাজানো। ওনার মাথায় আঘাত করা হয়েছিল। রিপোর্টে তা নেই। এ আমি মানি না। কতগুলো মেডিকাল টার্মস লিখে আমাকে বোঝান হচ্ছে। ময়না-তদন্তে রীতিমত পয়সা খাওয়ানো হয়েছে। আপনিও তো সেদিন মাথায় আঘাতের চিহ্ন দেখেছেন। তাহলে?

উমাপতি নস্কর শান্তস্বরে নরম গলায় বলেন-'ম্যাডাম, আমরা যা রিপোর্ট পেয়েছি, সেটাই পড়ে শোনালাম। আমাদের হাতে কিছু নেই। তবে হ্যাঁ তদন্ত আমরা চালিয়ে যাব। আসল পান্ডাকে আমরা ধরবার যথেষ্ট চেষ্টা

করছি'। নস্কর আবার একটা সিগারেট ধরিয়ে বললেন-'ম্যাডাম, এ ও তো হতে পারে সকলে মিলে ওনার ওপর অ্যাটাক করায় উনি ভয়ে বাঁচার জন্য পুকুরে ঝাঁপ মেরেছিলেন। তবে একটা আমার খটকা লাগছে আপনি বারবার মাথায় আঘাত মাথায় আঘাত করছেন। যেন মনে হচ্ছে এই ব্যাপারটা আপনি জানেন। কিছু মনে করবেন না ম্যাডাম।

মিতা বলে-'সেটা অসম্ভব কিছু নয়। কিন্তু মোবাইলটা। সেটা গেল কোথায়'? উমাপতি মাথা নাড়লেন। একটা জিজ্ঞাসার চিহ্ন থেকেই যাচ্ছে। মোবাইলটা হাতে পেলে অনুসন্ধানের অনেকটা সুবিধা হোতো। ঘটনাটা খুবই রহস্যজনক। এর পেছনে কোন বড় মাথা কাজ করছে। হঠাৎ নস্কর বলে ফেলল-উনি নিজেই পুকুর ছাড়া অন্য কোন জায়গায় ছুঁড়ে ফেলে দিয়েছে মোবাইল। তাই আমরা পুকুরে মোবাইল পাইনি। দেখলেন তো ডুবুরি লাগালাম। এছাড়া এ ও তো হতে পারে মোবাইলটা অন্য কেউ হাতিয়ে নিয়েছে। আমার তো মনে হয় চেনা লোকই মোবাইল হাতিয়ে নিয়েছে।

মিতা বিশ্বাস নস্করের কথা কেড়ে নিয়ে বলল-'এমনও তো হতে পারে মোবাইল নিয়ে ধস্তাধস্তির পর ওরাই মোবাইলটা ওদের হেফাজতে নিয়ে সিম খুলে রেখে দিয়েছে।

নস্কর আবার একটা সিগারেট ধরিয়ে মুখ দিয়ে ধোঁয়া ছেড়ে বললেন-'তাও হতে পারে'কথাটা খুবই ক্যাজুয়ালি বলল উমাপতি নস্কর। তারপর বলল-কোন কোম্পানীর মোবাইল, বলতে পারেন। মিতা বলল-'স্যামসুং গ্যালাক্সি'।

মিতা বিশ্বাস হঠাৎ উত্তেজিত স্বরে বলল-'আপনারা মোটেই কেসটার কোন গুরুত্ব নিচ্ছেন না। মোবাইলটা এখনও উদ্ধার করা গেল না। একটা জলজ্যান্ত লোককে বাড়ি থেকে রাতে বার করে নিয়ে এসে মেরে ফেলল-খুনির কোন শাস্তি হবেনা। আপনারা সব গুড ফর নাথিং। আমি এর বিহিত চাই।

উমাপতি প্রতুত্তরে বললেন-'ম্যাডাম আমরা তো সেই চেষ্টাই চালাচ্ছি। যাতে খুনের একটা নিষ্পত্তি হয়। আসল দোষী যাতে ধরা পড়ে। যে ছেলেটাকে আমরা সেদিন আটক করেছি। ছেলেটা মুখ খুলছে না। তবে ওর

থেকে কিছু সমাজ বিরোধী এবং সুপারি কিলারের নাম পেয়েছি। আমরা তাদের ধরার চেষ্টা করছি'। আমরা আসল পান্ডাকে ধরবই। একটু সময় দিন। অনেক কথা এক নাগাড়ে উমাপতি নস্কর বলে গেল।

মিতা বিশ্বাস প্রায় ধমক দিয়েই বললে-'আপনারা অকর্মের ঢেঁকি। এতদিন ধরে খুনিকে ধরতে পারছেননা। সে আপনাদের চোখের সামনে ঘুরে বেড়াচ্ছে। আমি এই ময়না-তদন্ত বিশ্বাস করি না। আপনারা সব ঘুরিয়ে দিতে পারেন।

উমাপতির অবস্থা ভাঙা তবলার মতন। তাল কেটে আছে। তবলা আর বাজে না। উনিও জানেন না কে সেই লোক যে মিঃ বিশ্বাসকে অত রাতে বাড়ি থেকে ডেকে নিয়ে এল। তারপর খুন। চোখে মুখে আঘাতের চিহ্ন অথচ ময়না তদন্তে এসব কিছুই উল্লেখ নেই। তাহলে ওখানে লম্বা হাত আছে বিপক্ষ দলের। অনেক কিছুই হতে পারে।

মিতা বিশ্বাস চলে যাবার পর উমাপতি নস্কর পটলাকে থানায় নিয়ে এসেছে। তার নাম পুলিশের খাতায় আছে। সুবিমল বিশ্বাসের মৃত্যুর পরের দিন ঢ্যাঁড়সকে থানায় নিয়ে আসে সেকেন্ড অফিসার। মাসখানেক আগে বারাসাত থানায় এসেছে। বাড়ি সোনারপুর। পটলাকে একের পর এক প্রশ্ন করে কোন ফল পায়নি উমাপতি। পটলার বিরুদ্ধে মামলা রুজু করেছে বারাসাত থানা। এছাড়া বিনোদ, আজিবুর রহমান, মনিরুল ইসলাম, তাদেরকেও পুলিশ তদন্তের খাতিরে থানায় জিজ্ঞাসা চালাচ্ছে। এরা প্রত্যেকেই সুপারি কিলার, ব্যাঙ্ক ডাকাতি রাহাজানির জন্য অনেকবার জেলের ভাত খেয়েছে। এদের পান্ডা হাতকাটা শ্যামল। সে নিরুদ্দেশ। তাকে পুলিশ হন্যে হন্যে করে খুঁজে বেড়াচ্ছে।

উমাপতি নস্করের মাথায় মিতা বিশ্বাসের শাসানির পর বাংলা দেশের একটা খুনের ঘটনার কথা মনে পড়ছে। ময়না তদন্তে প্রথমে খুনের ব্যাপারটা ধরা পড়েনি। পরে পি. বি. আই (পুলিশ ব্যুরো অব ইনভেস্টিগেশান) এর সাহায্য জানা যায় কেসটা খুন। প্রেমিকাকে প্রেমিক খুন করেছে। কিন্তু ময়না তদন্তে তা জানা যায়নি। সুতরাং মিতা বিশ্বাসের কথা অনুযায়ী উমাপতির মনের মধ্যে একটা চিন্তা ক্রমশই সন্দেহ উঁকি মারছে। কিন্তু প্রমাণ ছাড়া তাঁর হাত পা বাঁধা। সুবিমল বিশ্বাসের মাথায় আঘাতের

চিহ্ন তিনি দেখেছেন। ছবিও তুলেছেন। অথচ ময়না তদন্তের রিপোর্ট তা বলছেনা। তবে কী প্যাথলজিস্টএর সঙ্গে অন্য কোন গল্প আছে?

যদি কোন উপায় বার করা যায়। বিনোদ, আজিবুর রহমান, মনিরুল ইসলাম তিনজনেই সুপারি কিলার। পয়সা খেয়ে এরা খুন করে। যাকে বলে প্রফেশানাল মাডা্রার। কিছুদিন আগে আজিবুর রহমান একটা ধর্ষণের মামলায় জড়িয়ে পড়েছিল। রাতে পুলিশ তাকে গ্রেফতার করে। মেয়েটা অফিস ফেরৎ বাড়ি ফিরছিল। মেয়েটা যাদবপুরে থাকে। বাড়ি ঢোকার মুখেই মুখে রুমাল দিয়ে একটা ট্যাক্সিতে তুলেছিল। মেয়েটা জানলা খুলে জোরে চিৎকার করে। কিছু চায়ের দোকানের ছেলে বাইক নিয়ে গিয়ে ট্যাক্সি অবরোধ করে মেয়েটাকে বাঁচায়। ট্যাক্সি সমেত আজিবুর রহমানকে যাদবপুর থানায় হ্যান্ড ওভার করে।

আজিবুর রহমান আবার লোকাল পার্টির একজন মাতব্বর। কতবার যে জেলে গেছে আর ছাড়া পেয়েছে তা হিসেবের বাইরে। ভোটের সময় আজিবুর রহমান, বিনোদ, মনিরুল ইসলামদের বাড় বাড়ন্ত। ওদের তখন পয়সা কামাইএর সময়। ওরা সেই সময় সুপারি কিলারের কাজ করে না। ওদের পেছনে তখন নেতাদের আনাগোনা। সুতরাং এরা যদি কিছু করেও থাকে, নেতারা ওদের পাশে এসে দাঁড়িয়ে পড়বে। তখন ওপর মহল থেকে থানায় বলা থাকে। তখন তাদের সাত খুন মাপ। ভোটের সময় এদের লকারে ভরলে নেতাদের নাভিশ্বাস উঠবে। এই সব সমাজবিরোধী নেতাদের প্রাণভোমরা।

এদের তখন রেলা বেশি। এরা মন্ত্রীদের সাথে বসে এক টেবিলে মদ খায়। মাঝে মাঝে স্করপিও গাড়ি হাঁকায়। এছাড়া আমোদ প্রমোদ তখন ফ্রি। নেতারা সেইসময় উদার।

তৃতীয় পর্ব

হঠাৎ একদিন মিতা বিশ্বাসের ছেলে স্কুল থেকে বেপাত্তা। ছেলে ক্লাস টু তে পড়ে। মিশনারী স্কুল। পুলকারে যাতায়াত করে। স্কুল থেকে বাড়ি ফিরতে এক ঘন্টার কম লাগে না। বিকেল চারটের পর মিতার টেনসান

বাড়তে থাকে। সারা শরীরে ঘাম ঝরতে শুরু করেছে। ঘড়ির কাঁটা ঘুরতে ঘুরতে বিকেল পাঁচটা। মাথা ঘুরছে টেনশানে। একটা মাত্র সবেধন নীলমনি। কিছুদিন আগে স্বামী খুন হয়ে তাকে নিঃশেষ করে গেল। সুবিমল মারা যাবার পর ছেলে তাতাই তার অবলম্বন। এখন কী করবে? মিতা দিশাহারা। মোবাইল থেকে থানায় উমাপতি নস্করকে ফোন করল মিতা। ফোন বেজে যাচ্ছে। ওপাড় থেকে কোন কণ্ঠস্বর নেই। আবার কয়েকবার ফোন করার পর ওপাড় থেকে কথা শোনা যাচ্ছে। নট রিচিবিল। ওসি উমাপতি কোন সাইটে গেছে। যেখানে টাওয়ার নেই। কি করবে কিছুই চিন্তা করতে পারছে না। মনটা ছেলে তাতাইএর জন্য হুহু করে উঠছে। বারবার ঈশ্বরের কাছে তাঁর করুণা ভিক্ষা চাইছে। ফোনের পর ফোন করে যাচ্ছে। এই মুহূর্তে অসহায় মিতা। মাথায় আগুন জ্বলছে। কী করবে। ছেলেটাকে তাহলে কিডন্যাপ করল কেউ? তাতাই তো পুলকারে আসা যাওয়া করে। এমতবস্থায় কী এমন ঘটনা ঘটল, ছেলেটাকে তার মায়ের থেকে কেড়ে নিয়ে তারা কী বোঝাতে চাইছে?

হঠাৎ ডোর বেল বেজে উঠল। ছুটে দরজার কাছে গিয়ে, দরজা খোলার আগে বলতে শরু করল-'কিরে, তাতাই আজ এত দেরী হলো। আমি চিন্তা করছি। মিতা দরজা খুলে দাঁড়াল। একটা পার্সেল এসেছে। স্পীড পোস্ট। মিতার নামেই স্পীড পোস্টটা। মিতা সই করে খামটা তুলেনিয়ে দরজা বন্ধ করে দিল। প্রেরকের জায়গায় কোন নাম নেই। খামটা খুলে দেখল খামের ভেতর আর একটা ছোট খাম। রহস্য ঘিরে ধরছে তাকে। কী আছে ঐ খামে। খামের ভেতর খাম খুলে চোখের সামনে তুলে ধরল। খামের ভেতর একটা কাগজ আছে। চিরকুটের আকারে। তাতে লেখা রয়েছে- 'সাবধান' আর কিছু লেখা নেই। কী করবে মিতা চিন্তা করতে পারছে না। অদ্ভুত। এতো রীতিমতো পেছনে লাগার কথা। সাবধান কথা ছাড়া আর কিছু লেখা নেই। কিন্তু কিসের সাবধান। কেনই বা সাবধান। মনের ভেতর হাজার প্রশ্ন।

হঠাৎ মিতার মোবাইল বেজে ওঠে। মিতা ফোনটা ধরে নামটা পড়ে নিল। ওসি উমাপতি নস্করের ফোন। –'বলুন ম্যাডাম, কেন ফোন করেছেন? এনিই প্রবলেম।

মিতা কাঁদো কাঁদো গলায় বলে-'আমার ছেলে স্কুল থেকে এখনও বাড়ি ফেরে নি।

-ইস্কুলে ফোন করেছেন?

-না.তাতাইতো এই সময়ে বাড়ি ফিরে আসে কী করে বুঝব, আমি কী করব, কিছু বুঝতে পারছিনা।

-'আপনার ছেলের রিসেন্ট ফটোগ্রাফ আমার whats appএ পাঠিয়ে দিন। দেখছি কী করা যায়! ম্যাডাম আপনি আপনার ছেলের স্কুলে খোঁজ নিন। যা বলছি করুন।

আবার উমাপতি ফোন করে মিতাকে-'আপনার ছেলে বাড়ি ফেরে কী করে। I mean mode of return home from his School?

মিতা উত্তর দেয়-'পুল কার'। স্কুল ছুটির পর দুপুর তিনটের মধ্যে আমার ছেলে তাতাই ফিরে আসে।

-'ড্রাইভারকেও ফোন করুন। সব জানতে পারবেন। অযথা টেনসান করবেন না। আমি সাধ্যমত সব চেষ্টা করছি। ভাল কথা পুলকারের ড্রাইভারের নাম্বারটা ও আমার ফোনে এস.এম.এস করুন। একটু ধৈর্য ধরুন। দেখছি, কী করা যায়। খবর পেলে আমি জানিয়ে দেব।

উমাপতি ফোন ছাড়ার আগে বলল-'কোন হুমকি, আই মিন ভয় দেখানো বা মুক্তি পণ'।

মিতা বিশ্বাস এই মুহুর্তে কী বলবে বুঝতে পারছে না। সত্যিতো speed post এ একটা চিরকূট এসেছিল। তাতে লেখা ছিল-'সাবধান'। একেই তো ভয় দেখানো বা হুমকি বলে। উমাপতিকে এটা জানাতে হবে। চিঠির নীচে কোন প্রেরকের নাম নেই। কোথা থেকে এসেছে পোস্ট অফিসের কোন প্রকার স্ট্যাম্প নেই। শুধু লেখা 'সাবধান' এদিকে খামের ওপরে বড় বড় করে ক্যাপিটাল লেটারে লেখা speed post। এতো বোঝাই যাচ্ছে তাকে কেউ ঠকাচ্ছে। এবং তারাই সুবিমলকে খুন করার পরিকল্পনা করেছে। কিন্তু মিতার এই দুর্বল মাথায় ঢুকছে না। এর মধ্যে একটা বড় দল আছে। যারা এই কাজটার সঙ্গে জড়িত।

মিতা বিশ্বাসের এই মুহূর্তে প্রাইভেট ডিটেকটিভ অভিলাষ চ্যাটার্জীর কথা মনে পড়ছে। উনি তো অলরেডি সুবিমল বিশ্বাসের কেসটা দেখছেন। তবু ওনাকে একবার যদি বলা যায়, তাহলে নিশ্চয় উনি কিছু না কিছু ব্যাবস্থ নেবেন।

এ রকম যে ঝড় বইতে থাকবে ঘুনাক্ষরেও সে বুঝতে পারেনি।

অন্যদিন তাতাইকে নিয়ে সে পার্কে নিয়ে বেড়াতে যেত। তারপর পার্ক থেকে ফিরে তাতাইকে নিয়ে পড়াতে বসত। মিতার ব্যাপারটা মিতার বাবা মা ভায়েরা সকলেই জেনে গেছে। তারাও চলে আসবে কিছুক্ষণের মধ্যে্য। আজ সব ওলট-পালট হয়ে গেছে। কী যে হবে কে জানে?

একটা ব্যাবস্থা নেবে। এই কিডন্যাপের ভেতর একটা রাকেট কাজ করছে।

হাতকাটা শ্যামলকে অভিলাষ খুবই সন্দেহ করছে। এই দিকটা ওদের রাজত্ব। ওরাই তাতাইকে কিডন্যাপ করেছে। ওরা আবার ছেলে-মেয়ে পাচারের ব্যাবসা করে। দুবাই, আফ্রিকা, বিভিন্ন আন্তর্জাতিক রাষ্ট্রের সাথে ওদের সম্পর্ক আছে।

কিছুদিন আগে এক মন্ত্রীর কলেজে পড়া মেয়েকে টোপ খাইয়ে অপহরণ করেছিল। ওদের কাছে কোন সংবাদ ছিল না, যে মেয়েটি মন্ত্রীর মেয়ে। ব্যাস তোলপাড়। নাকা চেকিং। শেষে ধরা পড়ল। সুতরাং হাতকাটা শ্যামল সাংঘাতিক ব্যক্তি। ওর কথায় কয়েকশো ছেলে ওঠা বসা করে। অনেক আন্ডার কনস্ট্রাকশান বড় বড় ফ্ল্যাটে ওরা এসব ছেলে মেয়েকে অপহরণ করে রেখে দেয়। দীর্ঘদিনের ব্যাবসা। অপরাধমূলক সবরকম কাজ এরা করে থাকে।

সেকেন্ড অফিসার ততক্ষণে মিতা বিশ্বাসের বাড়ি থেকে চলে গেছে। তাতাইকে নিয়ে মনের মধ্যে একটা টানা ফোড়েন চলছে। ছেলেটা এখন কোথায় কেমন আছে কে জানে। যদি দুবাইএ পাচার করে তাহলে? মাথার মধ্যে অজস্র চিন্তার পোকা কিলবিল করে উঠছে। ছেলেটাকে ওরা যদি মেরে ফ্যালে, তাহলে? মিতার বমি পাচ্ছে। হঠাৎ মিতা ফুঁপিয়ে কেঁদে উঠল। – 'আমি তাতাই ছাড়া বাঁচব কী করে? একটা কিছু উপায় কর। ওরা যদি

মুক্তিপণ চায়, আমি দিয়ে দেব। আমার তাতাইকে তোমরা ফিরিয়ে দাও। আমি টাকা দিয়ে দেব। আমি কী নিয়ে থাকব। স্বামী হারিয়েছি। ছেলে হারাতে পারব ন। ওরা আমায় হুমকি দিয়েছে বলছে-ছেলেকে কুচি কুচি করে আমার কাছে পাঠিয় দেবে।

ওরা চায় না আমি সুবিমলের খুনের কিনারা করতে না এগুই। এটাই ওদের অভিপ্রায়। থানার ওসি উমাপতি নস্কর এখনও সুবিমলের খুনের কিনারা করতে পারিনি। আমি দ্বিতীয়বার ময়না তদন্ত চাই। এখানে অনেক খেলা আছে। সুবিমলের মাথায় কপালে গলায় আঘাতের চিন্হ ছিল। ওরা মনগড়া রিপোর্ট দিয়েছে। মামা তুমি আমায় সাহায্য কর। রাতে কে সুবিমলকে ডেকে নিয়ে গেল তার কিছুই কিনারা হয়নি। মোবাইল ফোনের খাপ পাওয়া গেছে। পুলিশ এখনও মোবাইল ফোন উদ্ধার করতে পারেনি। অপদার্থ। মিতা অনবরত বকে যাচ্ছে। তার মাথায় অনেক প্রশ্ন। কিন্তু এই জটিল সমস্যার সমাধান কে করবে। রহস্যের পর রহস্য যেমন বাড়ছে, ঠিক তেমন প্রশ্নের প্রশ্ন মনের ভেতর উঁকি মারছে মিতার।

মিতার কাছে ময়না-তদন্ত একটা প্রহসন। বিবাদী পক্ষের উকিল একজন প্রভাবশালী ব্যক্তি। ওনার হাত খুব লম্বা। শঙ্করদাস বন্দ্যোপাধ্যায় উনি ডাক সাইটে উকিল। শাসক দলের সাথে ওনার ভাল সম্পর্ক। ওনাকে উমাপতি জেরা করে আশানুরুপ কোন উত্তর পায়নি। এই ক্ষোভগুলো মিতা বিশ্বাসের মনে জাগলেও উনি সমাধানের কোন পথ খুঁজে পাচ্ছেন না।

মিতা আর উমাপতির ওপর নির্ভর করতে পারছে না। সে চায় পুনরায় ময়না তদন্ত হোক। এরকম ভুরি ভুরি উদাহরণ আছে দ্বিতীয়বার ময়না তদন্তের পর খুনিকে সনাক্ত করা গেছে। তার জন্যে অপরাধ তদন্ত বিভাগের একটা বড় ভূমিকা থাকে। (ক্রাইম ইনভেস্টিগেশান ডিপার্টমেন্ট)। মিতা এখন তাই চায়। একটা ভাল গোয়েন্দা যে এই তদন্তের ভার নেবে।

ওসি উমাপতি মিতা বিশ্বাসকে চুপ থাকতে দেখে বলল-‘কোন কিছু আমাদের লুকোবেন না। দুটো কথা সবসময় মনে রাখবেন রুগী হয়ে ডাক্তারকে রোগের সিমটম লুকোবেন না আর অপরাধ ধরার জন্য পুলিশকে সব ঘটনা খুলে না বললে পুলিশ অপরাধীকে কীভাবে সনাক্ত করবে।

মিতা বিশ্বাস কাঁদো কাঁদো স্বরে ফোনে বলল-'এইমাত্র একটা খাম এসেছে আমার কাছে। ওপরে লেখা speed post। আমি ভাবলাম তাতাই এসেছে। দরজা খুলতেই এক ভদ্রলোক আমার হাতে খামটা দিয়ে সই করিয়ে চলে গেল। খুলে দেখলাম, প্রেরকের নাম নেই। খামের ভেতরে খাম। তার ভেতরেএকটা সাদা কাগজের চিরকুট। তাতে লেখা 'সাবধান'।

ওসি উমাপতি মন দিয়ে মিতার কথাটা ফোনে শুনে বললেন-'আমি থানার সেকেন্ড অফিসার আপনার বাড়ি পাঠাচ্ছি। খামটা ওর হাতে দিয়ে দেবেন। দেখি কী করা যায়!

হঠাৎ থানার ওসি উমাপতি নস্করের ফোন এল। মিতা ধরতেই –নস্কর চিৎকার করে বলে উঠল-স্কুলের পুলকারের সন্ধান পাওয়া গেছে। পুলকার একটা দুর্ঘটনা ঘটিয়েছে। যে কজন ছিল আহত হয়েছে। বোধহয় পাঁচজনের সন্ধান পাওয়া গেছে। একটা ম্যাটাডোরের সাথে সংঘর্ষ লেগেছে। নিকটতম নার্সিং হোমে তাদের শুশ্রুষার জন্য ভর্তি করা হয়েছে। দুর্ঘটনা যেখানে ঘটেছে, সেটা আমাদের থানার মধ্যে্য পড়ে না। তাই আমরা কিছু করতে পারছি না। মানে আমাদের আওতায় পড়ে না। ওটা বলরামপুর থানা। সেই থানার ওসি আমাকে খবর দিল। হোয়াটসআপে আপনার দেওয়া গাড়ির নাম্বার হুবুহু মিলে যাচ্ছে। আপনি পারলে নতুন জীবন নার্সিং হোমে চলে আসুন। আপনার ছেলেকে পেয়ে যাবেন।

মিতার মোবাইলটা স্পীকারে ছিল। মিতার মনের মধ্যে একটা খটকা লেগেই রয়েছে। বড়ভাই ও পুলিশের সব কথাই শুনেছে। আবার মিতার চিন্তা বাড়ত লাগল। কে তাকে ফোন করে জানাল আপনার ছেলে আমাদের হেফাজতে। মিতা অঙ্কর হিসাব মেলাতে পারছে না। শুধু আশঙ্কা হচ্ছে ছেলেকে নতুন জীবন নার্সিং হোমে পাবে তো।

মিতা আজ সকাল বেলায় একটা শালিক দেখে ঘুম থেকে উঠেছে। সুবিমল যেদিন মারা গেল সেদিনও মিতা একটা শালিক দেখেছিল। কেউ বিশ্বাস করুক বা না করুক মিতা এখনও এসব কুসংস্কার মেনে চলে। বিশ্বাসও করে। খনার সেই কথা মঙ্গলে ঊষা বুধে পা। যথা ইচ্ছা তথা যা।

তবু একটা খটকা তো লেগেই রয়েছে। নার্সিং হোমে গিয়ে তার ছেলে তাতাইকে দেখতে পাবে তো? আবার মোবাইল ফোনটা বেজে উঠল বান্টির

মায়ের ফোন। 'মিসেস বিশ্বাস, আপনার ছেলের কোন খোঁজ পেয়েছেন। বান্টিতো ঠিক সময়ে স্কুল থেকে ফিরে এসেছে। তবে সুরজিৎের মা ফোন করেছিল সুরজিৎ এখনও বাড়ি ফেরে নি। ওতো পুলকারে যাতায়াত করে। পুলকারের ড্রাইভারকে ফোন করে খোঁজ করুন। বোধহয়, কিছু জানতে পারবেন। আজকাল রাস্তাঘাটে যা জ্যাম হয়, গাড়ি জ্যামেও আটকে থাকতে পারে।

উমাপতি নস্কর গাড়ি দুর্ঘটনার ব্যাপারে যা শুনিয়েছিল মিতাকে সেই কথাটাই বান্টির মাকে মিতা জানাল। বান্টির মা বলল-'আমি সুরজিৎের মাকে সব জানিয়ে দেব। উনিও খুব উদ্বিগ্ন।

সকাল থেকে দুটো ফোন আর স্পীড পোস্টে আসা চিরকূটের 'সাবধান'লেখাটা মিতার কাছে বড়ই বেদনাদায়ক। এটা একটা অশুভ ইংগীত। সকাল থেকে এই অশুভ ইংগীত মিতাকে ছিন্নভিন্ন করে ফেলেছে। বড় ভাইএর সাথে অনেকক্ষণ লালবাজারের অপরাধমূলক শাখার সঙ্গে কথা হয়েছে। তাতাইএর একটা ফটো পাঠিয়ে দেওয়া হয়েছে। এখন শুধু ফলের জন্য অপেক্ষা।

মনোবল শক্ত করে মিতার মনে প্রশ্নের প্রশ্ন জাগছে তবে কী কেউ মিতার দুর্বলতা নিয়ে তাকে ব্লাকমেইল করছে? কী করে সে গোটা ব্যাপারটা হ্যান্ডেল করবে? এই মুহূর্তে মিতা যেন একটা মরা লাশ।

নতুন জীবন নার্সিংহোমে যাবার জন্যে মিতার মন অস্থির হয়ে উঠছে। একটু বাদেই বড়ভাই, মামাকে নিয়ে ও তাতাইকে দেখতে যাবে।

খামটা খুলে দেখল-লেখা রয়েছে একটা ছোট্ট চিরকূটে "সাবধান"। যেখানে যাচ্ছ, সেখানে ছেলেকে পাবে না। ছেলে আমাদের হেফাজতে। বেশী পাঁয়েতারা করলে বিপদ। ছোট চিরকূটটা মামা খামের ভেতরে রাখতে যাবে, ঠিক সেই সময় মিতা চিৎকার করে বলল-'কি লেখা আছে?। কোন বিপদ।। গাড়ি থানার মধ্যে ঢুকে পড়েছে। বলরামপুর থানা। হনহন করে বলরামপুর থানায় কমল চন্দ্র আগে ঢুকে পড়ল মিতা পেছনে। বলরামপুর থানার ওসি সুশান্ত নায়েক। নিজের চেয়ারে বসে কার সঙ্গে ফোনে কথা বলছে। কমল চন্দ্রকে ইসারায় সামনের চেয়ারে বসতে বললেন। মামার পিছনে মিতা। হাঁফাচ্ছে। একটা টেনসান কাজ করছে। ছেলেটার সম্বন্ধে

আবোল তাবোল কত কী সব ভাবছে। মুখ দিয়ে তার কোন কথা বেরুচ্ছে না। কোনরকমে নিজেকে সামলে নিয়ে সে বলল- আমার ছেলে মিসিং। স্কুল থেকে পুলকারে সে যাতায়াত করে। সেই যে স্কুলে গেছে তারপর সে আর বাড়ি ফেরেনি। দারোগা সাহেব সব কথা শুনলেন। বেল বাজিয়ে একজন তার অধীনস্থ অফিসারকে ডাকলেন। মিঃ ধর যে পুলকারটা দুর্ঘটনা ঘটিয়েছে তাদের মধ্যে দেখুন তো সুমন্ত্র বিশ্বাস নামে কেউ আছে কি না। আপনিতো কেসটা হ্যান্ডেল করেছেন। দেখুন। মিঃ ধর পুলিশ অফিসার একটা ফাইল নিয়ে এসে নাম খুঁজলেন। যাদের নাম ঐ ফাইলে আছে তাদেরই চিকিৎসা হচ্ছে নতুন জীবন নার্সিং হোমে। কিন্তু ঐ ফাইলে সুমন্ত্র বিশ্বাসের কোন নাম নেই।

মিতা ধৈর্য হারিয়ে চিৎকার করে উঠল-'কি বলছেন অফিসার। আমার ছেলে তাহলে কোথায় গেল। ও আমার একমাত্র ছেলে। পুলকারে ও ছিল না। স্কুল থেকে বলছে ওরা সকলেই পুলকারে উঠেছিল তাহলে.ছেলে কোথায় গেল। বলরাম থানার ওসি সুশান্ত নায়েক পুলকারের ড্রাইভারের ফোন নাম্বার চাইল। মিতা মোবাইল নাম্বার খুলে ড্রাইভারের ফোন নাম্বার দিল দারোগাকে যদি কোন সুরাহা হয়।

ড্রাইভারও নতুন জীবন নারসিং হোমে ভর্তি হয়েছে। তার ফোনে শোনা যাচ্ছে নট রিচিবিল। বার তিনেক ফোন করার পর ঐ একই উত্তর নট রিচিবিল। মিতা অফিসারের মুখ থেকে কথা শুনে যেন আকাশ থেকে পড়ল। তাহলে তার ছেলেটা কোথায় গেল। হরিবল ব্যাপার। মিতার শরীর অবশ হয়ে যাচ্ছে। বড় ভাই কমল চন্দ্রর মুখে কোন ভাষা নেই। তাহলে কী তাতাই কিডন্যাপ হয়ে গেল কোন দুষ্টু লোকের হাতে। অরিন্দম শীল এবার মুখ খুললেন-'অফিসার, প্লিজ বোঝার চেষ্টা করুন। ওনার ছেলে মানে আমার নাতি মিসিং। সকাল বেলায় পুলকারে স্কুলে গেছে। কিন্তু এখনও পর্যন্ত তার কোন হদিস নেই। উনি বিচলিত হবেন না। ছেলেটার সন্ধান পাওয়া যাচ্ছে না। বুঝতে পারছেন ওনার মনের অবস্থা।

অফিসার শান্ত গলায় বলল-'স্যর, আমরা বুঝতে পারছি। কিন্তু এই কেসটা তো আমাদের থানার মধ্যে পড়ে না। আমরা কিছুই অনুসন্ধান করতে

পারব না। আপনারা অপরাধমূলক শাখায় খোঁজ করুন যা করার ওরাই করবে। আর ছেলের স্কুলে খোঁজ করুন।

স্কুলতো এখন বন্ধ। কী করে খোঁজ করব। হঠাৎ থানার ফোনটা বেজে উঠল। ফোনটা রিসিভ করল থানার ওসি সুশান্ত নায়েক। ওপাড় থেকে কণ্ঠস্বর ভেসে আসছে। 'কেউ কী ছেলের জন্য থানায় এসেছে'? লাইনটা কেটে গেল। ফোনটা বাইরের কোন টেলিফোন বুথ থেকে কেউ করেছে। তবু সুশান্ত নায়েক ফোনের নাম্বারটা নোট করে নিল।

সুশান্ত নায়েক রিসিভারটা ক্রাডেলে রেখে দিয়ে বলল-'একজন অচেনা লোক জিজ্ঞেস করছে, কেউ কী আপনাদের থানায় ছেলের জন্য খোঁজ করতে এসেছে। বিষয়টা আমার কাছে খুবই রহস্যজনক লাগছে। কেউ আপনাদের পিছু নিয়েছে এবং ক্ষতির চেষ্টা চালাচ্ছে। একটু সাবধানে রাস্তাঘাট দিয়ে চলাফেরা করুন। আমরা পুলিশের লোক সব সময় যে কোন বিষয় রহস্যের গন্ধ পাই। ওই বেড়াল যেমন মাছের গন্ধে আঁকুপাঁকু করে। অনেকটা সেই রকম। কিন্তু আপনাদের এই দুঃসময়ে আমি কিছু করতে পারছিনা বলে ক্ষমা চেয়ে নিচ্ছি। ব্যাপারট খুব মিসটিরিয়াস।

সুশান্ত নায়েকের ভাষণ শোনা ছাড়া বলরামপুর থানায় কোন কিছু সুরাহা হলোনা। মিতা অনবরত কেঁদে চলেছে। বড়ভাই কমল চন্দ্রর কপালে চিন্তার ভাঁজ পড়ল। কোন নতুন সমাধানের সূত্র ওরা দুজনে খুঁজে পারছে না। মিতাকে সান্ত্বনা দেবার কোন ভাষা ওদের দুজনেরই জানা নেই।

মিতা বায়না ধরল নতুন জীবন নার্সিং হোমে গিয়ে একবার নিজের চোখে ছেলেদের দেখে আসবে। যদি সেখানে তাতাই থাকে। মামা আর বড় ভাই কমলচন্দ্র মিতার কথায় সায় দিল। একটা গাড়ি নিয়ে ওরা বেরিয়ে পড়ল নতুন জীবন নার্সিং হোমের উদ্দেশ্য।

নারসিং হোমে পৌঁছে রিসিপসানে পুরো ব্যাপারটা বলল। রিসিপশান কাউন্টার খাতা দেখে বলল-ঐ নামে কোন কেউ ভর্তি হয়নি। মিতা রিসিপশান কাউন্টারের কাছে সোফায় ধপাস করে বসে পড়ল। মাথার মধ্যে আগুণ জ্বলছে। পরবর্তী পদক্ষেপ কী হবে?

না, একটা ব্যাবস্থা করা যাবে'।

অভিলাষ চ্যাটার্জীর ফোনটা ধরল উমাপতি নস্কর। থানায় আসছেন অভিলাষ চ্যাটার্জী। কিছু একটা মাথায় এসেছে। সঙ্গে উমাপতিকে নিয়ে যাবে বা আলোচনা করবে। কেসটা সনাক্ত করতে সুবিধে হবে। বলতে না বলতে অভিলাষ চ্যাটার্জী বারাসাত থানায় ঢুকে পড়ল। সঙ্গে ভাগ্নে লাল্টু। 'গুড আফটার নুন, গাড়িটা বার করুন। মিতা বিশ্বাসের বাড়ি নবপল্লী যাব'

মিতা বিশ্বাসের নাম শুনে, চমকে উঠল উমাপতি নস্কর। স্যার ওনার বাড়ি, এনি ক্লু'?

'চলুন গেলেই বুঝতে পারবেন'। খুব সহজ গলায় অভিলাষ চ্যাটার্জী বললেন।

উমাপতি কী যেন চিন্তা করে অভিলাষ চ্যাটার্জীর দিকে অবাক দৃষ্টিতে তাকিয়ে রইলেন। মনে মনে ভাবলেন, কিছু তো একটা চিন্তা করেছেন, তা না হলে মিতা বিশ্বাসের বাড়ি কোন আছিলায় যাবেন। যাইহোক ড্রাইভার সদাশিবকে ডাক দিলেন।

গাড়ি নবপল্লীতে মিতা বিশ্বাসের বাড়ি এসে থামল।

কলিং বেল টিপে অপেক্ষা করতে লাগলেন।

মিতা বিশ্বাস দরজা খুলে অবাক দৃষ্টে তাকিয়ে রইলেন দুজনের দিকে।

অভিলাষ চ্যাটার্জী আর লাল্টুর দিকে সোফায় বসার ইংগীত করলেন। সঙ্গে উমাপতি নস্করকেও।

'কী নেবেন চা না কফি?

দুজনেই বললেন-'নো থ্যাঙ্কস'!

ঘরের চারদিক ভাল করে দেখে অভিলাষ চ্যাটার্জী জিজ্ঞেস করলেন। 'যেদিন আপনার স্বামী খুন হলেন সে সময় আপনি বাড়িতে কী করছিলেন'?

মিতা এই প্রশ্নের জন্য ঠিক প্রস্তুত ছিলেন না। মামার বন্ধু অভিলাষ চ্যাটার্জী। তাছাড়া সুবিমল খুনের পরের দিন মিতাই ফোনে তাঁকে আসার জন্য অনুরোধ করেছিলেন। মিতার যেন সব গুলিয়ে যাচ্ছিল। তবু আমতা আমতা করছিল।

উমাপতি নস্করও মিতার দিকে তাকিয়ে জিজ্ঞেস করল-'উত্তর দিন মিসেস বিশ্বাস। স্যারের প্রশ্নের উত্তর দিন। আপনি সঠিক বললে আমরা আসল খুনীকে ধরতে পারব। প্লীজ স্পীক আউট।

'আমি টি.ভি দেখছিলাম। '

'টিভিতে কোন সিরিয়াল বা কোন সংবাদ চ্যানেল'?

আকাশ বাংলায় খবর দেখছিলুম।

তখন রাত কটা বলতে পারেন?

'হ্যা, রাত এগারোটা বেজে পনের হবে'

পুরোটাই আপনি মিথ্যা কথা বলছেন। আমি যদি বলি আপনি সেইসময় বাড়িতেই ছিলেন না, তাহলে? '

'আমি বাড়িতে ছিলাম। আকাশ বাংলায় খবর দেখছিলাম'

অভিলাষ চ্যাটার্জী এবার রেগে গিয়ে বললেন-'পুরোটাই আপনি মিথ্যা কথা বলছেন। ঐ সময় আকাশ বাংলায় খবর হচ্ছিল না। আকাশ বাংলায় খবর রাত সাড়ে দশটা থেকে এগারটা পর্যন্ত হয়। এগারটার পর রহস্য সিরিয়াল হয়'। অভিলাষ চ্যাটার্জী সোফা থেকে উঠে ঘরে এদিক ওদিক ভাল করে চোখ বোলাতে থাকে। হঠাৎ দুটো মোবাইলের দিকে চোখ পড়ে যায়

অভিলাষ চ্যাটার্জী র। ফোনদুটো হাতে তুলে এদিক-ওদিক দেখতে থাকে। তারপর মিতা বিস্বাসকে জিজ্ঞেস করে-'এই ফোন দুটি কার'? মিতা কোন উত্তর দেয় না।

অভিলাষ চ্যাটার্জী ফোনটা এগিয়ে দিয়ে বলে –'এই ফোন থেকে আমায় ফোন কর। '

মিতা প্রথমটা ভ্যাবাচ্যাকা খেয়ে যায়। ফোনটা নিয়ে মিতা ক্যাবলার মতন অভিলাষের দিকে তাকিয়ে থাকে।

অভিলাষ আবার ইংগীত করে ফোন করবার। মিতা অসহায়ের মতন ফোনটার নাম্বার গুলো আঙুল দিয়ে করতে থাকে। অভিলাষের ফোন বেজে ওঠে। ফোনের স্ক্রীনে সুবিমল বিশ্বাসের নাম ভেসে ওঠে। লাল্টুও অবাক দৃষ্টে

তাকিয়ে থাকে। ফোন বেজে বন্ধ হয়ে যায়। অভিলাষ বলে-মোবাইলটা ঘটনার দিন তুমিই গায়েব করে নিয়ে আস আর খাপটা পুকুরে ফেলে দাও। কী ঠিক বলছিতো? আমাদের বোকা বানান এত সহজ কাজ নয় মিসেস বিশ্বাস।

অভিলাষ লাল্টুকে ইসারা করার আগেই ব্যাগ থেকে সুবিমল বিশ্বাসের হারিয়ে যাওয়া মোবাইলের খাপটা বার করে।

মিতার দিকে উমাপতি নস্কর অবাক দৃষ্টে তাকিয়ে থাকে। মিতার মুখ দিয়ে কোন কথা বেরোয় না।

অভিলাষ বলে-ভাগ্নী বড় কাঁচা কাজ করেছো। তুমি ভাবলে আমরা তোমাকে সন্দেহ করব না। সব তোমার নাটক। চায়ের দোকানের ছেলেটাকে নিয়ে সেকেন্ড অফিসার ঘরের ভেতর ঢোকে।

অভিলাষ তার দিকে তাকিয়ে বলে-'কি রে, এই ম্যাডাম সেদিন রাতে তোর দোকানে উকিল বাবুকে খুন করার প্ল্যান করছিল না।

ছেলেটা বুদ্ধিকরে পুরো ঘটনাটার ভিডিও করেছিল। এই ভিডিওয় খুনের সব ছবি উঠে এসেছে। তার সাথে আর একজন পুরুষ। সে আর কেউ নয়। মিতার খুড়তুতো বকাটে ভাই সঞ্জয়। তাকেও হাজির করল এক কনস্টবল। সেই সঞ্জয়ই স্বীকার করে-সেদিন রাতে জামাইবাবু উকিল সুবিমল বিশ্বাসকে একটা মামলা সংক্রান্ত ব্যাপার নিয়ে আলোচনার জন্য বাড়ি যায়। সঞ্জয়কে উকিল সুবিমল বাড়িতে বসতে বলে।

সঞ্জয় বলে বাড়িতে এ বিষয় আলোচনা করা যাবেনা। চায়ের দোকানে সেদিন আরো অনেকে ছিল ঠিকই তাদের জেরা করে জানা যায় সঞ্জয় জামাইবাবু উকিল সুবিমলের সঙ্গে বেরিয়ে যায়। চায়ের দোকান এগারটায় ঝাঁপ বন্ধ করে দেয়। কিনতু সেদিন মিসেস বিশ্বাস এগারটা পনের নাগাদ সময়ে এসে দোকানের দরজায় ধাক্কা মেরে জানতে চায় উকিল বাবু কখন বেরিয়েছে। বলেই হন্তদন্ত হয়ে বেরিয়ে পড়ে। ছেলেটাও মিতা বিশ্বাসকে ফলো করে পিছু নেয়। চায়ের দোকানের ছেলে শিবু তার নিজের মোবাইলটা নিতে ভোলে না। এসব স্বীকারোক্তী শিবুর। সেদিন অমাবস্যা ছিল। বেশ অন্ধকার রাস্তা। পুকুরের ধারে জটলা, চেঁচামিচি। মিসেস বিশ্বাসও তখন।

সেই জায়গায়। তাঁর ও গলার স্বর শোনা যাচ্ছে। হঠাৎ দেখে মিতা বিশ্বাস একটা হামান দিস্তা দিয়ে উকিল মশাইকে মাথায় আঘাত করলেন। আর একজন পুরুষ মানুষ ছুরি নিয়ে উকিল মশায়ের গলার কাছে ধরে রয়েছে। তার কিছুক্ষণ বাদে উকিল বাবু খুব জোড়ে চিৎকার করে উঠলেন বাঁচাও বলে। তারপর দেহটা পড়ে গেল পুকুরের ধারে। আমার মোবাইলের আর চার্জ ছিলনা। আমার বমি বমি পাচ্ছিল। আমি বমিও করলাম কিছুটা তারপর। দোকানে ফিরে এলাম। সেদিন আর রাতে ঘুম হয়নি। এই হোল চায়ের দোকানের শিবুর জবানবন্দী।

***

তারপর মিতা এই হামান দিস্তেটা তুমি নিয়ে যেতে ভুলে গিয়েছিলে। সেটা লাল্টু মাঠ থেকে কুড়িয়ে পেয়েছে। এই দেখ রক্তের দাগ। রক্তটা এতদিনে শুকিয়ে গেছে। আরো প্রমাণ তোমার হাতের লাল চুড়ির কাঁচের ভেঙে যাওয়া টুকরো।

এবার স্বীকার কর একাজ তুমি করেছো? আবার চিৎকর করে অভিলাষ। মিতা র চোখে মুখে অস্থিরতর ভাব ফুটে ওঠে।

অভিলাষ বলে –'বলুন, মিতা বিশ্বাস ময়না তদন্তের রিপোর্টটা বদলে দিতে কত টাকা অফার করেছিল।?

-'স্যার দশ হাজার টাকা। ময়না তদন্তর অফিসারকে জিজ্ঞেস করে-কী ঠিক বলছেতো?

ভদ্রলোক কাঁচুমাঁচু হয়ে বলেন-'আমার তখন টাকার দরকার ছিল। অতগুলো টাকার লোভ সামলাতে পারিনি। আমি ক্ষমা চাইছি'।

এবার মিতা বিশ্বাসের দিকে তাকিয়ে অভিলাষ বলল-'বল মিতা, কেন তুমি খুন করলে তোমার স্বামীকে? আমাকে ফোন করে ভেবেছিলে তুমি বেঁচে যাবে। আমি, অরিন্দম শীল, তোমার মামাকে ফোন করে দিয়েছি। তোমার মামা হায়দ্রাবাদ থেকে এসে গেছেন। ওনাকে তোমার বিষয়ে কিছ বলিনি। তুমি এতধূর্ত। উনি বিশ্বাসই করবেন না। তবে একটা কাজ বাকী আছে তোমার একটা রক্ত পরীক্ষা। ' তোমার হাতের ছাপ মিলে গেছে। তুমি যখন বডি জড়িয়ে বসেছিলে। মনে পড়ে সে দিনের কথা। তুমি কখনও

ভাবতে পার নি যে তোমায় আমরা সন্দেহ করব না। সব কিছু তুমি নাটক করে গেছ। স্বামীকে খুন করে পরের দিন সকালে সেফসাইডে থাকবে বলে আমায় মামা আই মীন অরিন্দমের পরিচয় দিয়ে ফোন করে ভেবেছেন- 'আপনি নির্দোষ'

-মিতা প্রায় কেঁদে ফেলার জোগাড়। আমি জেলে গেলে আমার ছেলের কী হবে? পরক্ষণে কথার সুর পাল্টে বলে-'আসল কথা সুবিমলের পরকীয়া আমি সহ্য করতে পারিনি। আমি চেয়েছিলাম সুবিমলের শাস্তি, কিন্তু সেটা যে এরকম পরিণতি হবে বুঝতে পারিনি'। অভিলাষ চ্যাটার্জী বেশ কিছুটা রেগে গিয়ে বললেন-'মিসেস বিশ্বাস আপনি একজন ভাল খেলোয়াড়। আপনার ছেলেকে বাপের বাড়ি রেখে দিয়ে আপনি আমাদের নাস্তানাবুদ করেছেন। আপনার বড় ভাই জানত না আপনি এই খেলাটা খেলছেন। সেই বলে দিয়েছে, আপনি তার হাত দিয়ে আপনার ছেলেকে বাপের বাড়ি পাঠিয়ে দিয়েছেন। যাতে আমরা সন্দেহ না করি। এছাড়া আপনার খুড়তুতো ভাই সঞ্জয়কে কাজে লাগিয়ে speed post এর গল্প ফেঁদেছেন। পুরোটাই কাঁচা হাতের কাজ। অযথা আপনি আমাদের বোকা বানিয়ে নাজেহাল করেছেন। আমরা সঞ্জয়ের হাতের লেখা পরীক্ষা করিয়েছি। আপনাকে লেখা 'সাবধান'কথাটা সঞ্জয়েরই লেখা। আর আপনি নিজে সেফ থেকে আমাদের ওপর হুকুম জারি করবেন। সেফ থাকবেন। আপনাকে কেউ সন্দেহ করবে না। আমি আপনার মামাকে দিয়ে কনফারম করেছি। মামা তদন্তর খাতিরে হায়দ্রাবাদ থেকে এখানে চলে এসেছেন। নিজেকে বেশি চালাক ভেবেছেন। তাই না। স্বামীকে খুন আর ছেলেকে সরিয়ে দিয়ে নাটক। আপনি কলেজ জীবনে নাটক করে অনেক প্রাইজ পেয়েছেন। আমি তারও খবর নিয়েছি। আপনার ঘরে নাটকের প্রাইজগুলো আমি সেদিনই আপনার কাঁচের সোকেসে দেখেছি। আমার চোখ এড়ায়নি। আপনি যে একজন সুচারু অভিনেত্রী। এবং আপনি বছর দুয়েক আগে রঙ্গরস নাট্য সংস্থার সঙ্গে যুক্ত ছিলেন। মধ্যমগ্রামের চৌমাথার রঙ্গরস নাট্য সংস্থার নাট্য পরিচালক তীরেন্দ্রনাথ চট্টোপাধ্যায়ের কাছ থেকে কনফার্ম করেছি। এটার বেশীরভাগ কৃতিত্বটাই লাল্টুর। তারই প্রমাণ। আপনার মামা অরিন্দম শীল। তিনিও এই এল বলে। যাক জেলের খাবার খুনের দায়ে কিছুদিন খেয়ে আসুন।

অভিলাষ চ্যাটার্জী ইসারায় উমাপতি নস্করকে বললেন-'ইনস্পেটর প্লীজ অ্যারেস্ট হার। সি ইজ গিলটি। ❑

সমাপ্ত

www.ingramcontent.com/pod-product-compliance
Lightning Source LLC
La Vergne TN
LVHW050758051026
849532LV00008B/2905